이제야
계절이
보인다

고래달 지음

J&jj 제이앤
제이제이

이제야 계절이 보인다

| 만든 사람들 |
기획 인문·예술기획부 | **진행** 한윤지·윤지선 | **집필** 고래달 |
편집·표지디자인 D.J.I books design studio

| 책 내용 문의 |
도서 내용에 대해 궁금한 사항이 있으시면
저자의 홈페이지나 J&jj 홈페이지의 게시판을 통해서 해결하실 수 있습니다.
제이앤제이제이 홈페이지 www.jnjj.co.kr
디지털북스 페이스북 www.facebook.com/ithinkbook
디지털북스 카페 cafe.naver.com/digitalbooks1999
디지털북스 이메일 digital@digitalbooks.co.kr
고래달 이메일 whale.moon.mail@gmail.com
고래달 인스타그램 @whale.moon
고래용드림 인스타그램 @whale.dragon.dream

| 각종 문의 |
영업관련 hi@digitalbooks.co.kr
기획관련 digital@digitalbooks.co.kr
전화번호 (02) 447-3157~8

이제야
계절이
보인다

고래달 지음

목차

힘내

내가 나에게 하는 당부

모순

우리의 계절

여름처럼 뜨겁게 시작해서

겨울같이 차가운 시간과

가을 같은 쓸쓸함도 이겨낸 우리에게

이제는 봄 같은 따스함만 피어오르길

힐링°

힘들 때 자기계발서를 읽었더니
그들의 큰 포부와 꿈을 나도 품게 되면서
큰 꿈을 가진 힘든 인간으로 다시 태어났다.

힘들 때 힐링 서적을 읽었더니
지독하게 힘든 마음이 치유되면서
마음 따뜻하고 힘든 인간이 되었다.

힘들 때 공감 에세이 서적을 읽었더니
나만 이렇게 힘든 게 아니란 걸 깨닫고
공감력있는 힘든 인간이 되었다.

더 편안한 삶을 위해 집어든 책에서
나는 이런 소중한 것들을 깨달았고
작가들만 돈을 벌었다고 한다.

#이책은 #그마저도없지

청춘이 빛나는 이유°

청춘이 빛나는 이유는

모두가 새로운 삶을 창조하고,
세상에 없던 무언가를 만들기 위해
어설픈 노력을 계속하기 때문이겠죠.

청춘의 시도들이
전부 성공이라는 해피엔딩으로
끝나지는 않아도 계속 빛나는 이유는

그럼에도 불구하고 시도하고,
가장 많은 시행착오를 거치며
각자의 모습으로 조금씩 성장하기 때문이겠죠.

#그런데나는 #배고픈작가

청춘의 재료°

~~~~~~~~~~

청춘에 꼭 필요한 재료 세 가지.

타인을 이해하려 하지 않는 것.
이해하려는 순간 관계는 곧 틀어지더라.

타인에게 이해받으려 하지 않는 것.
딱 이해받을 수 있는 만큼만 성장하게 되더라.
마치 유리컵에 갇힌 벼룩처럼.

그리고, 의미부여 하지 않는 것.
있지도 않은 의미를 만들어 내는 순간
다가올 실망과 마주하게 되더라.

#청춘은 #그자체로의미가있다

착한 연극°

우리는 모두 어릴 적부터
착하고 바른 아이가 되라고 배웠다.

착하고 바른 아이가 돼야만 했던 우리에게
'정직함'은 필수이며 '배려'와 '양보'는
당연히 갖춰야 할 덕목이었다.

하지만 이것이 언제부턴가 재갈이 되어
청춘의 입을 막았다.
바보 같은 '착한아이 연극' 속 내 대사는
늘 '미안해, 죄송합니다.' 뿐이니까.

나를 죄책감 없이 이용하는 사람에게도
부당한 대우로 일관하는 상사에게도
세상의 편견과 타인의 조롱에도
늘 '착한아이' 대사를 읊조려야 했다.
우리는 그렇게 배웠으니까.

억울하다면 맞서고,
아니라면 바로 잡아야 한다.
착하기만 하다는 말은
청춘을 지나 어른으로 향하는 우리에겐
더 이상 칭찬이 아니다.

착한아이 콤플렉스를 벗어던질 때가
비로소 진정한 내 무대의 시작이다.

#호의가계속되면 #둘ㄹ… #권리인줄안다
#모두에게친절하지말고 #내사람에게만

페르소나°

마케팅에서는 페르소나라는 말을
어떤 집단을 대표하는 가상의 인물을 만들어보는 용도로 사용합니다.
예를 들어 "서울에 거주하고 여행을 좋아하는
단발머리 20대 여대생"과 같은 거죠.
오늘 주제를 말하기에 앞서서 저는 A와 B라는 캐릭터를 만들어볼
거예요.

먼저 A라는 청년을 하나 만들어볼게요.
이 캐릭터는 힘들고 불행한 느낌으로 만들 거예요.

시작은 늘 비슷하죠.
가난한 집에서 태어납니다.
위로 몸이 불편한 가족이 한 명 있어요.
아버지는 한량이시네요.
A는 학창시절 사춘기를 심하게 겪습니다.
부모의 이혼을 경험하면서 파란만장한 시기를 보냅니다.
집에 빚도 생기고, 대학 등록금이 없어 대학을 못갑니다.

A도 당연히 군대를 가야겠죠? 전역하고 어렵게 사회 나와요.
열심히 일했는데 부모 빚 때문에 은행이 월급을 죄다 빼갑니다.
무보수 노예의 삶이네요.
몇 년이 지나 돈 좀 모이나 싶었는데,
지인의 권유로 호기롭게 시작한 사업이 사기를 당하고 홀라당 망해요.

어렵게 모은 돈이 허공에 뿌려집니다.
어떤 설정을 더해야 더 불쌍한 캐릭터가 될까요?
이번엔 인맥을 빼앗아 보겠습니다.

A는 그저 열심히 살았던 것뿐인데,
고향 친구들이 변했다며 하나둘씩 떠나요.
잘될 땐 질투하며 떠나고, 힘들 땐 무시하며 떠나네요.

이맘때면 드라마에선 늘 부모님이 지병으로 앓아 눕죠.
그 설정 그대로 가져다 씁시다. 부모님이 병에 걸리셨네요.
청소부로 일하시는 부모님 수술비는 A의 몫이죠.
또 얼마 안 되는 돈이 날아가네요.
참담하죠?

이제 기댈 곳이 사랑밖에 없네요.
하지만 불쌍한 청년에게 사랑은 사치죠. 뺏어버립시다.
이제 그녀도 떠나버렸네요.

혼자 고군분투하게 내버려 둡시다.
10년이 흘렀네요.
10년을 열심히 살았는데 뭐가 남아있을까요?
떠나간 사람들의 빈자리와 텅 빈 통장만 남았네요.
A는 사랑과 열정 따위 전부 부질없다는 것을 배웁니다.

참 듣고 있으면 암울하죠?

자 이제, B라는 사람도 한번 만들어볼게요.

비슷한 나이의 청년으로 만들어 봅시다.

단, 이 캐릭터는 행복한 캐릭터로 만들거예요.

B는 단란한 가정에서 태어나 화목해요.

한 달에 한 번씩 치킨과 피자로 가족끼리 파티를 합니다.

그 과정에서 가족의 따듯함을 배우죠.

이것저것 능력도 좀 줍시다.

중학교 때는 미술을 하며 학교 대표로 상도 받고

실력을 인정받습니다.

고등학교 때는 평생의 벗들을 많이 사귀네요.

아무리 그래도 B도 한국 청년 캐릭터니까 군대는 보냅시다.

B는 군대에서 만난 또래 아이들로부터

더 넓은 세상이 있음을 배워요.

전역 후 B도 취업을 해야겠죠?

요즘 취업대란이잖아요. 이 친구는 각박한 전쟁터에 보내지 맙시다.

B는 운 좋게 자신의 적성을 일찍 발견해서 자신만의 길을 걸어요.

B에겐 모두가 스승이고 선생님입니다.

자신이 하고 싶은 일을 하며 그것을 즐기며

그만큼의 보상을 받고 살아요.

주변의 좋은 사람들로부터 다양한 기회를 얻고

또 그것을 이뤄갑니다.

너무 사기 캐릭터인가요? 그럼 시련을 한번 줍시다.

B도 몇 번의 실패를 경험합니다. 많은 돈을 뺏어 버립시다.

그런데 B의 주변엔 늘 좋은 사람이 많네요.
가족, 고향친구, 동료.
아낌없이 사랑 해주는 여자친구도 있습니다.
많은 사람들의 응원 속에 또 금세 행복을 찾습니다.

이 친구의 10년 뒤는 어떻게 그려볼까요?
돈도 사람도, 가족과 사랑까지 B에게는 결핍이 없어 보이네요.
이 과정에서 B는 세상에 돈보다 중요한 것이 많다는 것을 배웁니다.

굉장히 부러운 삶이죠?

만약 여러분이라면 A와 B중 어느 쪽 캐릭터가 되고 싶으세요?
당연히 B겠죠? 저라도 무조건 B를 선택합니다.
A는 너무 암울하잖아요.

그런데 저는 A라는 사람과 B라는 사람을 아주 잘 압니다.
이 두 사람이 사실은 가상의 인물이 아닙니다.
그리고 두 사람의 이야기가 한 사람의 인생 이야기입니다.

바로 제 이야기입니다.

삶은 늘 그래요. 양면성을 가지고 있죠.
그리고 계속 흐릅니다.
절대 어느 한 곳에서만 머무르지 않아요.
영원히 흐릅니다.

힘든 순간도 좋은 순간도 늘 공존하며 흐르는 게 삶입니다.
정도의 차이는 있겠지만 모두가 같은 모습으로 살아요.

어려서 저희 집은 가난하지만 화목했어요.
외식은 꿈도 못 꾸는 집이었지만 그래도 어머님이 월급날엔 꼭
종이봉투에 넣어주는 시장통닭과 전자레인지용
냉동피자를 사오셨습니다.
한 달에 한 번씩 가족끼리 파티라니. 너무 로맨틱하지 않나요?

제가 중3때 부모님이 이혼을 하시면서,
고등학교 3년 사춘기를 심하게 겪었어요.
그렇게 좋아하던 미술도 포기하고 매일 말썽만 피우고 살았죠.
그래도 뒤늦게 정신을 차리고 나니, 평생의 벗들이 남아 있더라구요.
공부를 게을리 한 덕에 대학은 꿈도 못 꿨지만, 그 덕에 일찌감치
제 길을 찾을 수 있었습니다.
20대에 이것저것 다양한 경험을 하는데 있어 전공이 없다는 것은
축복이더라구요. 그만큼 자유로우니까요.

늦었다는 압박감과 조바심은 어떤 때엔 큰 에너지가 됩니다.
이렇게 열심히 살았더니 조금씩 결실이 보입니다.
물론 주위의 시기와 질투, 떠나는 사람들, 가까운 사람들의 배신과
사기. 많이 겪었죠.
손해도 많이 봤습니다. 빈털터리가 되기도 했죠.

그래도 인생의 경험과 삶의 교훈, 동료를 벅차도록 얻었습니다.
조금 편찮으시지만 부모님과 인생의 이야기를 주고받으며 살 수
있다는 것.
잃은 사람들보다 더 많은 좋은 사람들이 아직도 곁에 있다는 것.
많은 실패를 경험했지만 내 능력을 인정해주는 사람들이 지금도
많다는 것.

돌아보면 모두 감사한 일투성이네요.

물론 좋은 일만 계속된다면 정말 좋겠지만.
이런 삶의 주기를 선택할 수 있는 능력이 인간에겐 없습니다.
늘 오르막이 있으면 내리막이 있는 법이죠.

우리가 겨우 선택할 수 있는 거라곤
이 양면성의 어느 쪽에 더 집중할 것인가 뿐입니다.
올라갔을 때 자만하지 않고 평정심을 유지하기.
내려갔을 때 포기하지 말고 긍정적 마인드를 사수하기.

결국 내 삶을 어떻게 바라보고 어떻게 해석할 것인가.
여기에 달려있는 것 아닐까요?

저에게도 여러분에게도 A같은 삶과 B같은 삶은
앞으로 또 다시 찾아오고 반복될 겁니다.
좌절하지 마세요. 들뜨지 마세요.
삶은 돌고 돌아 성공은 기쁨을, 실패는 교훈을 주면서 지나갈 겁니다.

학벌이 필요 없는 사회°

학벌이 필요없는 시대가 왔다는 말이 이제는 꽤 익숙하다.

언젠가 대한민국 유명 기업인들의
사적인 모임에 운 좋게 몇 번 초대된 적이 있다.
격식 차리는 자리를 어려워하는 성격 탓에
불편하기 짝이 없었지만 내심 뿌듯했다.

처음 참석한 그 날,
대화 주제는 게스트였던 나에게
초점이 맞춰져 있었다.

"작가님을 보니 이제는 스펙이 정말 중요하지 않은 것 같다"
"학력보다 실력이 우선 되는 사회가 더 빨리 만들어져야 한다"는
이야기를 듣고 있으니
순간 묘한 뿌듯함과 희망이 느껴졌다.
묘하다고 썼지만 아주 강한 뿌듯함이었다.

"그래 난 고졸들의 희망이야! 고작 학벌 따위!!"

그렇게 즐거운 시간이 이어졌고,
서로 조금 친해질 무렵
대화 주제는 각자의 자식 이야기로 바뀌었다.

"요즘 청년들은 큰 꿈도 꾸지 않아 문제야"
"젊어서부터 너무 대기업, 공무원만 꿈꾸는 것 같아"
라고 했던 그 분들은
무척이나 행복한 얼굴로
대기업에 취직한 아들 자랑과
의사, 판사, 변호사가 된 자식들의
직업과 출신 대학 경쟁을 하기 시작했다.

…… 응???

#학벌대신 #어이가없는사회 #잠깐의희망 #씁쓸한뒷맛

좋아하는 일하고 사는 거 힘들잖아

누군가 내게 물었다.
"좋아하는 일만 하고 사는 건 너무 힘들지 않아?

나는 답했다
"싫어하는 일하면서 사는 건 안 힘들고?"

#어차피힘들거 #하고싶은일하고살지뭐

콤플렉스 인정하기°

자존감 높이기는
나의 콤플렉스를 인정하는 것부터 시작이다.

내 콤플렉스는 학벌이었다.
내 분야에서 아무리 업적을 쌓아도
"성필 씨는 대학 어디 나오셨어요?"
라는 질문을 받을 때면
어딘가 모르게 늘 불편하고 짜증이 났다.

'고졸' 이라는 두 마디를 못해서
구구절절 그럴듯한 스토리를 만들어내기 일쑤였다.
그럴 때마다 겉으로만 당당할 뿐
심리적으로 더 방어적이고 위축되곤 했다.

계속 반복되는 상황은
내 자존감을 바닥내버렸고,
내 불만과 짜증은 가까운 가족과 친구를
아프게 했고 그로 인해 난 더 우울해지곤 했다.

지금은 다행스럽게도 이 굴레에서 벗어났다.
의도한 건 아니었다.
단지, 매번 주절거리며 포장하기 귀찮아졌을 뿐.

쉽게 말해 그냥 자포자기.

그런데 핑계를 멈추고 콤플렉스를 인정해 버린 뒤부터
내 삶은 많이 달라졌다.

단점이 되리라 체념했던 부분은
내게 아무 영향도 주지 않았고,
오히려 내려놓음으로써 편안해진 내 심리상태가
수많은 긍정적인 효과들을 가져왔다.

사람들은 나에게 그다지 관심이 없었다.
내가 고졸이든 유학파든 달라지는 것은 아무것도 없었다.

탈모가 콤플렉스인 사람은
늘 사람들을 만나면 머리숱부터 보고

피부가 콤플렉스인 사람은
밝은 곳에서 사람을 만나기를 꺼린다.

학벌이 콤플렉스인 사람은
고학력자 앞에서 괜히 위축되기 마련이다.

이런 것들이 반복적으로 스며들면
자연스레 자존감은 점점 낮아진다.

콤플렉스 때문에 자존감이 낮아졌다면
바꿀 수 없는 것을 바꾸려고 애쓰지 말고
있는 그대로를 받아들여야 한다.

어려운 문제고 결코 쉽지 않다.
하지만 이것이 내가 경험한
자존감을 높이는 가장 빠른 첫걸음이다.

단점 하나 늘어났다고 해서
내 가치가 떨어지지 않는다.
그러기엔
내가 가진 장점도 꽤 많으니까.

인생 재지 마°

한 번 사는 인생 너무 재면서 살지 마
낭떠러지에서 떨어져 봐야
바닥이 그리 깊지 않다는 것도 알고
사랑에 모든 걸 걸어봐야
그 속에서만 느낄 수 있는 행복도 느끼지

그렇게 몸 사리고 조심하고 아껴봐야
어차피 주어진 시간은 고작해야 100년도 안 되는 걸

마감 시간 다 된 노래방처럼
보너스 시간도 없어

보고 싶은 너

~~~~~~~~

좋아한다는 이유로,
유일하다는 이유로
작은 일 하나에도 더 서운해 했다.
내 마음 몰라주는 것 같아 더 툴툴거렸다.
속상하고 힘들다는 이유로
더 투정 부리고 어리광부렸다.

정작 나보다 더 힘든 사람은
내 투정 다 받아주는 너였을 텐데

말이 따듯한 사람°

말 한마디도 따듯하게 하는 사람이 좋다.

어떤 말로 나를 웃게 할까 고민하는 사람.
작은 칭찬에 더 큰 칭찬으로 되돌려주는 사람
늘 좋은 단어들로 마음의 상처를 치유해주는 사람.
담백한 말 한마디로
내 하루를 환하게 비춰주는 사람.
중간 중간 대화의 공백마저 달콤한
그런 사람과 함께 있는 시간은 늘 포근함이 느껴진다.

#근데내애인은왜이래 #폭언쟁이

지혜를 위한 지식°

몇 년 전 여러 가지 문제로 고민하던 나에게
한 선배님은 '지금의 너는 지식에 기대어 살아가지만
조금 더 지나면 그 지식이 지혜로 바뀌는 시점이 올 테니
마음 편히 먹고 조금 더 기다려보라'고 하셨다.

아직 그때가 온 것 같지는 않지만
순간순간 돌아보면 조금씩 가까워지고 있는 느낌은 든다.
인생은 찾는 자에게 답을 준다고 하니
계속 믿고 갈구하다 보면 보이겠지.

원래 덜레덜레 걷다가 사먹는 콜라보다
헐떡거리며 올라간 정상에서 마시는 물 한 잔이
더 맛있는 법이니까.

뭐든 결과도 중요하지만 그 과정은 더 즐거운 법.
가볍지만 무겁게, 무섭지만 가볍게 살고 있는 지금이
더 행복하고 만족스러웠으면 좋겠다

관계 때문에 상처받는 너에게°

나이를 먹을수록 내 마음을 공유할 사람이
점점 줄어든다는 게 씁쓸해.
내 마음 지켜가면서 바르게 살수록 더 외로워지는 세상이야…
약삭빠르게 구는 것도 능력인데 우린 그런 능력은 없나봐

살아갈수록 많이 베이게 되는데…
상처도 반복되면 무뎌진다는데 다 거짓말이더라.
베인 데 또 베이면 더 아프기만 하던데…

점점 더 스스로 방어하게 되고…
그러다 보면 진짜 좋은 사람들을 내 마음과 다르게 놓치게 되고…
그럼 또 속상해하고…

그런데 말야.
난 힘든 현실을 지나온 지금 네 모습이 너무 마음에 들어.
상처투성이지만 조금은 말랑말랑해진 네 모습이 좋다.
뭔가 이겨냈단 생각에 마음은 오히려 충만하고
여전히 이리저리 흔들리지만
굳건히 뿌리내린 네 자신이 있는 것 같아서 기특해.

좀 넘어지고 느리게 가면 어때.
우린 다들 위로가 필요한 사람들이고, 다 같은 사람들인데

힘들 땐 마음 맞는 사람들끼리 털어놓기도 하고
궁상도 떨고 하는 거지.

긍정적인 생각은 꼭 필요하지만,
그렇다고 너무 빚으로 네 자신을 내몰 필요는 없어.
우리는 지금 이대로 충분히 괜찮아.
힘이 들 땐 서로 의지하면서 잠시 쉬어가자.
넌 지금 모습으로도 충분해.
나와, 소주나 한잔하게.

행복달성°

삶을 불행하게 만드는
가장 빠른 방법은 역설적이게도
행복이라는 목적지를 찾아 헤매는 것 아닐까.

행복은 지극히 주관적인 느낌이다.
만약 내가 행복하기 위해
뭔가를 달성하고 만들어내려 한다면
그것은 행복의 시작이 아닌
불행의 시작이다.

이게 아니면 나는 행복하지 않아
이러지 않으면 나는 행복을 달성할 수 없어
이런 생각에 사로잡히면
삶은 빠른 속도로 불행을 향해 달리기 시작한다.

무던히 고생하고 노력해서
드디어 행복할 수 있는 상황이 만들어져도
행복은 잘 느껴지지 않는다.
당연하다. 인간의 성취욕은 끝이 없으니까.

인간은 대부분 겪어본 행복보다는
더 새로운 행복, 큰 행복을 찾고 갈구한다.
그렇게 행복의 저주에 빠져

좌절과 회의를 반복한다.

행복을 느끼기 위한 조건 같은 게
세상에 있을 리가 없다.

없는 걸 얻기 위해 노력해봤자
손에 쥐어지는 것은 아무것도 없다.

행복은 달성하는 게 아니라
순간의 느낌이고 해석이다.
행복을 달성해야 하는 목표로 설정하는 순간
우리는 예외 없이 불행에 빠지고 만다.

#작은행복은매일있다는걸기억할것
#행복은 #달성하는것이아냐 #느끼는것 #순간의선물

너라서 고마워°

피곤한 하루의 끝에 서서
아무 이유 없이 수고했다고 말해주는 사람
별일 없는 하루 사이사이에
느닷없이 고맙다고 말해주는 사람
나도 관심 없는 내 마음을
나보다 더 많이 챙기는 그런 사람

더 주고 싶은 사람°

누군가는 하나를 줘도 열을 받은 듯 기뻐하고
누군가는 열을 줘도 하나도 고마운 줄 모른다.

마음도 크게 다르지 않다.

내 마음을 다 주고도 더 주고 싶은 사람이 있는 반면,
작은 마음 하나도 주기 싫은 사람이 있다.

조금만 더 힘내°

다 내려놓고 싶을 때
가장 하면 안 되는 행동이 다 내려놓는 거야

청춘은 시속 500Km˚

청춘의 시기에 나는 뭐든 다 해낼 수 있다고 믿었다.
하지만 그건 할 일이 별로 없었거나,
시야와 삶의 폭이 좁았기 때문에 생긴 착각이었다.

나이가 드니,
정말 해낼 수 있는 일인지 스스로 묻는 버릇이 생겼다.
예전처럼 혼신을 다하면 할 수 있는 일들이지만
지금은 과거에 비해 주어진 자유와
그럴 수 있는 에너지가 줄어들었음을 알기 때문이다.

나는 내 열정의 크기가 늘 한결같을 줄 알았다.
밤을 새워 일할 수 있는 패기와 도전의 시간이
남은 인생동안 오래도록 길게 이어질 거라 굳게 믿었다.

하지만 그건 착각이었다.
나이가 들수록 할 수 있는 일들은 많아지지만
상대적으로 시간과 여유는 급속히 줄어간다.
책임져야 할 관계들이 복잡하게 늘어가기 때문이다.

하고 싶은 일을 할 기회보다
해야 할 일과 포기할 일을 선택해야 하는 안타까움이 빈번해진다.

과거 난 이런 사람들을 보며 그건 용기가 없어서라고 비난했다.
도전의 즐거움에 비해 책임져야 할 일들이
더 많기 때문이라는 것을 그 땐 알지 못했다.

책임이 적은 만큼 도전할 기회와 자유가 주어지는 법이다.
책임이 많아지면 능력은 있어도 실천할 자유는 줄어든다.

책임져야 할 일들이 비교적 적을 때,
그 젊은 날들이 인생에서 가장 크게 도전할 수 있는 시기이다.
청춘의 시기인 그 때가 인생의 큰 방향을 결정한다.
짧고 어설프지만 삶의 가장 소중한 시간들이다.

안타깝게도 그 시간은 길지 않다.
금세 지나쳐가고 만다.
늘 우리 생각보다 빠르게.

#누구신데그리급하게가시나요? #응니청춘
#청춘순삭 #멈춰야겠으면지금멈춰 #가고싶으면지금가

약속에 경중이 있을까˚

'별로 중요한 약속 아니잖아'
라는 말을 넌 자주 했었지.
약속에 가볍고 무거운 건 없는데 말야.

오그라듬으로 치부되는 감성°

과거에는 싸이월드 미니홈피 다이어리에
사람들은 자신의 생각을 글로 적었다.
지금은 '중2병'감성을 논할 때나 등장하는 추억의 싸이월드지만
그때의 감성을 참 좋아 했다.

각자 어떤 생각을 하면서 살고 있나,
어떤 글, 어떤 영화를 보고 무엇을 느꼈는지
작게나마 공감하기도 했고,
때론 너무 잘 써내려진 글을 보며 평소에 알던 친구 맞나?
하는 감탄도 하곤 했다.

하지만 언제부턴가 타인의 감성을 대하는 분위기가 달라졌다.
조금만 따듯해지거나, 진지해지거나 근엄해지려고 하면
그걸 부정하고 깎아내리는 풍토가 생겨났다.
누군가 자신의 생각을 노출하면 '일기는 일기장에'
'똥글은 싸이월드에' 라며 그것들을 철 지난 요란스러운 표현이라
비난한다.

이런 분위기가 반복되며 개개인의 톡톡 튀는 생각과 따뜻한 감정은
점점 더 깊은 곳으로 숨어버렸다.
아니 사라져 버렸다고 해도 될 정도로.

이제는 많은 사람들이 '낯 간지럽고', '오글거릴까봐'
스스로 많은 것들을 필터링한다.
오래 간직해 온 멋진 아이디어.
친한 친구를 향한 진심어린 응원의 글.
사랑하는 애인을 위한 투박하지만 진심어린 감사의 편지.
엄마를 향한 사랑한다는 한마디.

인생을 따뜻하게 채워주는 이런 가치 있는 표현들이
언젠가부터 입 밖에 내기 싫은 오글거림으로 전락해 버렸다.

칭찬과 화답이 있던 비워진 그 자리는
경쟁과 성공이라는 주제가 대신 차지했다.

많은 이들이 쓸데없는 감성에 젖어있을 시간에
더 전략적으로 계산적으로 생각하라고만 이야기한다.
촉촉한 청춘의 계절이 사라지고 감성의 건기만 남았다.

이들도 마음속으로 들어가 보면 그 누구보다
인정과 칭찬에 목말라 있지만
'칭찬에 약하고 내 감정을 마구 드러내는 허술한 사람의 이미지'로
보일까봐 걱정하며 화답하지 못한다.

고맙다는 말을, 기쁘다는 말을 내뱉는 순간
내가 쉬운 사람으로 보이지는 않을까,
내가 지는 것은 아닐까 걱정하며
'안 돼! 이건 너무 오글거려!' 라는 봉인 주문을 스스로 걸어버린다.

오글거리는 말 속에는 기분 좋은 따듯함이 담겨있다.
왜냐하면 그 안에는 계산이 아닌 진심이 있으니까.
모든 게 빠르게 변하는 세상이지만
진심 어린 표현의 가치는 변하지 않길 소망한다.
오늘도 난 어딘가에서 오그라든다는 말을 듣고 있겠지만…

나도 가끔은 힘드니까

너를 향해 달려가는 속도가
느려졌다고 해서
너에게 가고 있지 않은 게 아니야.

차오르는 숨, 아픈 다리를 쉬게 하느라
아주 조금 느려진 것뿐이야.

느려진 내가 답답하다면,
너도 나를 향해 조금은 다가와 줄래?

나잇값

나이가 들수록 자주 듣는 말이 있다.
"네 나이가 몇인데, 나잇값 좀 해라"

늘 주위를 맴돌며
이거 해라 저거 하지마라
나잇값 좀 하라고 손가락질 하는데

내 나잇값을 기대하는 사람들 대부분은
그 값을 알려줄 이유도 없는 사람들뿐이었다.

나잇값 좀 하라며
타인을 낮잡아 이르는 이들에게
나를 어필해봤자
어차피 그들은 제 값을 치를 능력이 없다.

#내나이값은 #당신이 #감당못해요
#그러니값을묻지마세요

욕심과 자존감°

자존감과 욕심은 늘 대립한다.

무언가에 욕심을 내기 시작하면
갖고 싶은 마음에 걱정이 는다.

"이러면 어떡하지"
"저러면 어떡하지"
"실패하면 안 되는데"

자존감이 강한 사람은 추락하지 않는다.
추락도 괜찮을 수 있기에
늘 중심에서 편안함을 느낀다.

"이래도 괜찮아"
"저래도 괜찮아"
"실패해도 괜찮아"

욕심 부리지 않고는 살기 힘든 시대.
동시에 자존감 없이도 살기 힘든 시대.

그래서 청춘은 어렵다.

나는 멘토링이 싫다°

질문 홍수 시대다.
답이 없으니 질문만 많아진다.
좋은 질문은 그 자체가 답이 되지만
요즘 청춘의 질문은 그렇지 않다.

"앞으로 뭐해야 할지 모르겠어요"
"자존감이 낮아 걱정이에요"
"인생 계획을 어떻게 세워야 할까요?"

자존감이라 말하는 자아존중감.
자신을 믿고 사랑하고 존중하는 마음.
이것이 부족한 사람은
타인의 말에 크게 휘둘린다.
스스로에 대한 판단 기준점이
내부가 아닌 외부에 있기에.

한 심리학자의 멘토링 강의에 참석했다.
많은 이야기가 오고가는 것을 보며
나는 이런 느낌을 받았다.

질문자들 모두
이미 스스로 답을 알고 있었다.
단지, 그 답에 대한 자기 확신을

타인에게 확인받으려 하거나
선택 자체를 타인에게 넘기려 하고 있었다.

거기서 일종의 종교적인 느낌을 받았다.
자기 확신과 자기 판단의 부재.
선택에 대한 확신을 얻기 위한 어떤 믿음.

지나친 멘토링은 청춘에게 독이다.
스님도, 회사 선배도, 대기업CEO도, 심리학자도
겹겹이 쌓인 당신의 삶을
제대로 판단할 능력이 없다.

내 삶의 판단을
타인에게 넘기려는 유아적인 생각은
자존감마저 유아적인 상태로 만든다.

#자존감을키우기위한멘토링이
#오히려자존감을죽인다

설레는 중˚

중요한 일 앞에서
가슴이 계속 두근대고 쿵쾅거리면서
긴장된다면 이렇게 생각해보세요
나는 지금 설레는 중이라고
긴장하면 지고 설레면 이겨요
당신은 지금 매우 설레는 중입니다

연애의 목적°

연애를 하는 목적이 있는 게 아니라
그냥 연애 자체가 목적이면 좋겠다.

난 이런 커플이 되고 싶어.
난 이런 연애를 하고 싶어.
난 이렇게 사랑하고 싶어.

서로 다른 둘이 만났으니까
아기 걸음마처럼
그냥 그 한걸음 한걸음에 집중하며
함께 나아가는 그 자체가 목적 아닐까…?

너도 나와 손잡은 게 처음이고
나도 너와 걷는 게 처음이니까.

#넘어지면 #내가일으켜줄께
#천천히 #함께걷자

부모라는 존재°

가끔 내가 살아온 이야기를
편하게 나누다 보면 자주 듣는 말이 있다.

"그래서 넌 부모님이 원망스럽지 않아?"

어렸을 땐 부모들은 뭔가 다른 줄 알았는데,
나이 먹고 보니까 그냥 내 주변에 있는
철없고 평범한 사람들이
나이 먹으면 되는데 어른이고 부모더라.
물론 나도 그렇고.

불완전한 인격체들이 서툴게 살아가는 게 이 세상인데
우리는 부모는 이래야 되고 자식이니까 이렇게 해줘야 한다는
틀에 갇혀 살고 있는 듯하다.

부모는 꼭 자식에게 귀감이 되어야 하고
부모는 능력 있고 존경받을 만한 훌륭한 어른이어야 해.
같은 성인으로서 이런 지나친 프레임은 건강하지 못하다.

내 인생에 기복이 있듯이
부모 역시 정신적으로 힘든 시기,
경제적으로 어려운 시기가 있다.

세상 사람들 모두 어딘가 부족한 점이 있다.
단점이 있고 걱정이 있다.
우리 부모도 그런 사람 중 한 명일 뿐이다.
나 역시 그렇듯이.

다른 집은 안 그런데 우리 집만 이래.
우리 부모만 능력 없어.
왜 나한테 이렇게 안 해주지? 나만 힘들어

이런 사고방식을 극복하는 순간
비로소 오춘기도 끝이 난다.

#오랜만에부모님과 #치맥이먹고싶다 #계산은엄마가해

나도 다 알아°

～～～～～～

소유하지 마라. 손에 쥐려고 하지 마라.
상대보다 나를 더 아끼고 사랑해라.
붙잡지 말고 힘들면 내려놔라.
인연이라면 자연스레 오게 되어 있고
부질없는 것들은 자연스레 유유히 흘러간다.

나도 다 알아.
근데 네가 너무 사랑스러워 죽겠는 걸 어떻게 하니.

초연결사회 속 청춘°

오랜만에 친한 후배 놈과 함께 한 시간을 줄서야 먹을 수 있는
홍대 라멘집에서 라멘을 먹었다.
소문대로 맛이 굉장히 좋은 집이었는데,
후배는 라멘이 나오자마자 사진을 찍어 인스타그램에 올렸다.

"드디어 OO라멘 시식! #인생라멘 #한시간기다림 #행복 #존맛"

라멘을 비우고 근처 커피숍으로 걸어가던 중
동생은 욕이 섞인 탄식과 함께
인스타그램의 사진을 지울지 내게 물었다.

"아 짜증나, 내 바로 밑에 OO가 도톤보리에서 찍은 라멘 올렸어.
난 댓글 없는데 OO는 댓글 열라 많네. 짜증나 지울까?"

문득 그런 생각이 들었다.
왜 내 행복마저 남과 비교할까?

우리는 끊임없이 타인을 관찰한다.
과거엔 타인의 스펙과 성공을 관찰하고 나와 비교했다.

그런데 이제는 타인의 행복까지 나의 그것과 비교하기 시작했다.
여기엔 출구가 없다.
끊임없는 돌뿌리와 오르지 못할 산만 존재할 뿐이다.

100원에 행복해하는 사람이
만원을 가진 사람 앞에 서면 움츠러든다.

백만 원을 버는 사람의 행복은
천만 원을 버는 사람 앞에서 작아진다.

우리는 끝없이 남보다 나은 위치에서 행복을 추구하려고만 한다.
근본적인 추구가 아닌
가볍고 빠르게 흘러가는 말초적 트렌드에 맞춰
내 생각마저 지워버리고
그저 비교우위라는 틀 안에 갇혀 내 행복을 재단한다.

나는 진정으로 행복한가,
아니면 나도 이만큼이나 행복해! 라고 누군가에게 외치고 있는가.

청춘에 정말 필요한 건
아마도 '남보다 나은'이 아니라
'남들과 다른'이 아닐까?

#나만의엣지 #중심점을내안에

변해도 변하지 않는 사랑°

우리 의지와 상관없이 흐르는
시간 속에서
누군가는 늙지 않는 피터팬을 동경하고
누군가는 있는 그대로 늙어가는 사람을 존경한다.

난 시간의 흐름대로
변하고 썩어가는 것들을 사랑한다.
시간이 주는 그 성숙함이 좋다.

그 순간이었기에 행복했던 것들은
그때에 존재하고,
지금 이 순간에 가능한 것들은
현재에 존재하며 선물이 되니까.

남자들은 젊은 여자만 좋아한다지만
난 내가 사랑하는 여자가 늘
젊기만을 바라지 않는다.

지나온 시간 속 모습처럼
순수하게 웃지 못하고
그때처럼 아름다운 몸매가 아니라 해도

추억을 나누며 나온 배와
함께 고난을 이겨내며 생긴 주름도
여전히 사랑스러울 테니까.

어떤 여자도 가지지 못한
우리가 함께한 추억이라는
가장 빛나고 아름다운 향기가 배어있을 테니까.

그럼에도 불구하고°

누구나 둘보다 혼자가 편해.
눈치 볼 사람도 없고, 싸울 일도 없고.
서로 맞추느라 애쓰지 않아도 되고.

그럼에도 둘이 되고 싶은 이유는
그게 바로 너니까.
기꺼이 감수하고 싶은 거야.
조금 힘들어도.

그랬으면 좋겠어°

내게 빠져 죽을 것 같은 눈빛으로
날 바라봐달라고 하는 건 말이지

이젠 나 없으면 안 된다며
사랑한다 속삭여줬으면 좋겠다고 하는 건 말야

믿음이 없어서도 아니고
사랑을 확인하기 위해서도 아니야

그냥 그 순간들이
나에게 가장 행복한 순간이기 때문이야
단지 그뿐이야

모난 돌이 정 맞는 진실°

사람들이 왜 모난 돌을 쳐내는 줄 알아?

발전하려고 나아지려고
발버둥치는 사람이 하나라도 있으면,
아무것도 안 하는 자기가 한심하고 비참해지니까.

모두 똑같다면 안 보일 텐데
튀는 놈이 있으면 훌쩍 두드러져 보인다.
자기가 얼마나 한심한지.

그래서 무리에서 쫓아내려 하고,
그것도 안 된다는 걸 알고 나면
비웃고 깔보고, 선을 그어 멀리하지.

그렇게 해서 알량한 편안함을 되찾으면
다시 자신에게 눈을 감지.

#지지마 #모난청춘들아 #내게로오렴 #같이맞아줄께

나의 욕망 바라보기°

타인의 욕망을 욕망하는 삶의 시작은
보통 부모와의 관계로부터 시작한다.

따라서 우리가 자기 자신의 욕망의 주인이 될 때
진정한 개체로서의 분리가 일어난다.
경제적인 것뿐만 아니라, 정신적인 독립이 필요한 이유다.

청춘의 시기에는 부모로부터 독립해도
중요한 타인들의 영향으로 자신을 잃어버리기 쉽다.
친구나 연인, 비슷한 또래집단, 교수님, 선배…

우리는 수많은 타인들에게
직간접적으로 영향을 받는다.

그 영향은 좋을 수도 있고 나쁠 수도 있지만
하나같이 자아를 뒤흔들어 놓는다.
실존주의자들이 말하는 '타인 지옥'의 시작인 셈이다.

청춘에게 필요한 것은 "온전한 나의 욕망" 이다.

돈이 아무리 많아도 사랑 없으면 못사는 사람이 있다.
나다.

허나 반대로 사랑 좀 없어도 돈 많은 사람과 살면
행복한 사람이 있다. 많다.

여기서 중요한 것은 돈도 사랑도 아니다.
내가 어떤 욕망을 가졌느냐는 것이다.

나 역시 많은 요인들로 인해 인생의 대부분을 연기하며 살았다.
우울에서 벗어난 것은 사회가 만들어 놓은 쓸데없는 의미를 버리고
내 욕망을 알아가기 시작하면서였다.
내 인생의 주인이 되지 못했던 시기엔,
항상 마음이 공허하고 히스테리가 치밀어 올랐다.

만약 타인의 웃음에서 노이로제나 히스테리를 느낀다면
스스로 자신이 잘 살고 있는지 물어봐야 한다.

많은 사람들이 자기가 가진 관심, 재능, 흥미, 가치관,
취미, 인간관, 정치관, 도덕관을 제대로 모른 채 살아간다.
타인을 시기하고, 열등감에 휩싸이는 지의 여부는
타인의 거부, 인정, 수용에 있는 것이 아니다.

그 원인은 자기소외에 있다.
내 욕망을 모르는 데 있다.

설렘이 빠져나간 그 공간°

어린 시절 나는 사랑과 열정이 하나라고 믿었다.
열정이 식는다고 사랑도 식는 게 아니란 것을
나이 서른이 훌쩍 넘은 뒤에야 깨달았다.

더 이상 서로를 봐도 설레지 않고,
살을 맞대는 그 시간이 가슴 뛰지 않고,
어깨에 올린 손과 맞잡은 손에 떨림이 사라져도

설렘이 빠져나간 그 공간이
믿음과 신뢰로 더 굳게 채워진다는 것을
그때는 알지 못했다.

바람°

사소함엔 낭만이
중대함엔 지혜가 깃드는 내가 되기를

올바른 자기다움

자기답게라는 게 꼭 특이하게 살라는 말은 아니다.
남들과 다른 색으로 사는 나 같은 사람이
빠지기 쉬운 함정이 여기다.

누군가에겐 대부분의 사람이 사는 그 방식이
그 사람의 자기다움일 수 있다.
다수가 원하는 걸 원한다고 그것이
나답지 않다거나 휩쓸린다고 생각하지 않았으면 한다.

나를 둘러싼 사람들을 두루 살피는 우리 문화권에서
나답게, 나답게만 외치는 서양식 사고방식은 생채기를 만들곤 한다.
나를 조금 뒤에 두더라도 중요한 것들을 위해 변화하는 사람은
자기주장이 없는 사람이 아니라 마음에 여유가 있는 사람일 수 있다.
우리는 조금 싫더라도 친구가 좋아하는 음식 먹을 수도 있고
애인이 좋아하는 영화 볼 수 있다.

여기에 나쁘거나 틀린 것은 없다.

청춘의 자기다움은 어느 쪽으로든 불완전하다.
청춘은 조화로움속에서 아주 중요한 선택만
나답게 하는 법을 배워가는 것으로 충분하다.

결혼. 직업. 꿈과 같은.

무거운 증명°

울타리 밖의 삶을
누군가는 부러워 하지만
늘 증명해내야 하는 피곤한 길이다.

다수가 가는 길을 벗어나 살려면
다수에게 내 길이 맞다는 것을
검증해야 한다.

그렇지 않으면 많은 이들의
손가락질과 비아냥을 듣게 된다.

"저거 봐, 내가 쟤 저거 안 된다고 했지?"

#이악물고버티는이유 #증명해주겠어 #지지말자청춘아

선물°

작은 선물에도 마음이 벅차오르는 건
내가 없는 곳에서 나를 생각했다는 사실이
나를 위해 기꺼이 시간을 써준 그 마음이
내게 마음을 들고 찾아와 준 그 정성이
너무 고맙기 때문이야

내가 그리는 하루는°

잠이 덜 깬 아침에도
눈 비비며 서로 한 번 미소짓고

고단한 하루 속에서도
가벼운 농담으로 서로 웃음을 챙겨주고

스르륵 눈 감기는 피곤한 밤에도
체온이 느껴질 정도로 가깝게 누워
팔베개와 기분 좋은 속삭임으로
하루를 마무리할 수 있었음 좋겠다.

가지고 싶은 것도
채워야 할 것도 많은 삶이지만
소박한 나의 하루하루가
그저 너와의 웃음으로
가득 채워진다면

나는 더할 나위 없다.

품격°

～～～～～～

삶은 남이 보지 않는 시간을
어떻게 보내느냐에 따라 달라진다고 생각해요.

반복된 일상이 그 사람을 만드는 것처럼
품격은 하나의 행동이 아니라 습관에서 오거든요.

노력 없는 사랑°

서로가 좋아서 둘이서 시작했으면
함께 맞춰서 걸어가야지

난 원래 이런 성격이니
있는 그대로를 사랑해달라면서

네 기분대로 행동하고 상처 줄 거였으면
그냥 시작하지 말지 그랬어

네 기분이 중요한 만큼
내 기분도 중요한 건데

마음강도°

시퍼런 날붙이를 들고
돈을 요구하는 사람을 강도라고 한다면,

자신은 잔뜩 날을 세우고선
상대에게만 따듯함을 요구하는 사람.

불친절과 투정으로 일관하면서
따듯한 사랑을 요구하는 사람.

불평불만을 늘어놓으면서
친절과 인정을 바라는 사람은

그야말로 '마음강도'이다.

보이는 것°

우리나라는 많은 면에서 내면보다는 보이는 것을 중시하죠.
보이는 것 역시 중요한 요소 중에 하나지만,
말 그대로 그렇게 '보이는 것'일 뿐,
큰 의미가 없다는 걸 알아야 합니다.

운이라는 건°

세상은
운이 좋은 사람과
운이 나쁜 사람으로 나뉘는 게 아니라
운이 좋다고 생각하는 사람과
운이 나쁘다고 생각하는 사람으로 나뉜다.

너의 가치°

당신이 혹시 인생에 있어서 가던 길을 멈추고
무언가 변화를 꿈꾸는 지점에 서 있다면

세상은 지금까지 당신이 만들어 놓은
눈에 보이는 결과만을 가지고
당신을 판단하려 하겠지만 개의치 말자

당신이 지금까지 어떤 것을 얻었고
어떤 것을 쌓아놨는지가 당신의 경쟁력이 아니라

지금까지 어떤 것을 경험했고
그것이 당신을 어떤 사람으로 만들어주었느냐가
진정한 당신의 경쟁력이니까

자석°

관계는 마치 자석과도 같아요
극이 다르면 아무리 애를 써도 계속 튕겨져 나갈 뿐이고
극이 맞으면 특별한 노력이 없어도 어느 샌가 가까워져 있죠
그러니 너무 억지로 애쓰며 상처받지 말아요

타인의 기대°

타인의 기대와 내가 추구하는 방향이 다르다면
그냥 과감히 무너뜨리는 편이 낫다

나와 맞지 않는
그들의 기대에 부응하느라
정작 놓쳐버린 소중한 것들이
지금까지 얼마나 많았는지를 생각해보면

누구보다 빠르고 정확하게°

우리는 늘 선생님이 내준 문제를
빠르고 정확하게 풀어야만 능력을 인정받아 왔다.
그게 경쟁력이라고 믿고.

누가 더 정확한가, 누가 더 빠른가로
등수가 매겨지고 좋은 평가를 받는다.

만약 이들 중 누군가가
주어진 문제를 풀지 않고 멈춰 서서
'왜 이것을 풀어야 하는가?' 라는 본질적인 의구심을 가진다면,
그는 곧 점수가 떨어지고 낮은 평가를 받게 된다.

왜냐하면 빠르고 정확하게 문제를 풀 시간에
딴 생각을 했으니까.

이게 청춘의 자화상이다.

우리는 자유롭게 꿈꿀 수 있는 시간을
가지기 힘든 환경에서 점점 나이를 먹어 왔는지 모른다.
상상의 박탈.

그렇게 어른이 된 청춘은
이제 치열한 생존경쟁에서 살아남아야 하고
마음 속 꿈은 곧 '사치'로 취급받는다.

먹고 살기도 힘든데
꿈은 무슨 꿈이냐면서….

#그래도 #꿈꾸는건공짜야 #마음에품은작은꿈은 #혼자서라도지키자

힘내

넘어져도 괜찮아

작고 예쁜 돌멩이 하나 줍고 일어나면 되지 뭐

부러워한다고 지는 게 아냐°

사회에 흩뿌려져있는
부러우면 지는 거라는 말이
더 많은 루저를 만든다.

부러우면 맘껏 부러워하고
질투 없는 마음으로 축하해주면 된다.
그게 더 멋지다.

부러움을 감추기 위해
애를 쓰는 모습은
꽤나 애잔하고 볼품없다.

훗날 진정한 행복을 누리려면
먼저 다른 사람의 행복에
공감할 줄 알아야 하지 않을까.

#세상은불공평해 #맘껏부러워하자청춘아
#행운이 #곧너를찾아갈꺼야

나도 이기적인 사람일 뿐인데°

상처를 겪어본 사람은
그 끔찍한 상처의 깊이와 아픔을 안다.

그리고 누군가에게
자신이 가진 것과 비슷한 흉터가 보이면
재빨리 알아차리는 눈이 생긴다.
공감과 측은함의 교차다.

이 교차로에 선 사람은
두 가지 선택을 한다.

다시 아프고 싶지 않기 때문에
자신을 아프게 하지 않는 방법을 찾거나,
끔찍이 아파 봤기 때문에
다른 사람을 아프게 하지 않는 방법을 찾거나.

나도 상처를 겪으며
평범한 이기심을 갖게 된 인간일 뿐인데
너에게는 늘 후자가 된다.

너를 사랑하며 생각한다.
'그동안 얼마나 힘들었을까, 다신 아프게 하지 말자' 라고…

그런 나를 보며 생각한다.
'난 어차피 겪어본 아픔이잖아. 아파도 조금만 참자' 라고…

난 결코 이타적인 사람이 아닌데,
너에게는 늘 후자가 된다.

#사랑은늘 #나보다니가먼저
#내행복은 #행복해하는너야

이상과 신념°

급조된 이상과 신념만큼
무서운 게 또 있을까.

삶에 정통으로 맞아
의지가 꺾인 이들은 간혹

신념을 갖고
그에 맞춰 행동을 하는 게 아니라
자신의 삶에 맞춰 신념을 가진다.

현실과 이상의 괴리가 있을 때
현실을 이상에 맞춰
힘겹게 끌어올리는 것보다

이상을 현실에 맞춰
끌어내리는 것이 훨씬 간편하니까.

#생각하고살지않으면 #사는대로생각하게된다.

행복을 줄게°

아픈 상처를 덮을 만큼
넉넉한 사람이 되어줄게

너의 하루가 우울하지 않도록
행복한 단어들만 들려줄게

관계에서 외로움을 느끼지 않도록
행복을 멀리서 힘들여 찾지 않도록
바람을 혼자 감당하는 일 없도록

그렇게,
따뜻하고 향기로운 사랑만 줄게

없어 보이는 입맛°

대기업과 일을 하던 때,
친하게 지내던 대표님과 함께
대기업 미팅을 간 적이 있었다.

법인카드 들고 나왔으니 맛있는 걸로 고르시죠,
클라이언트님은 나에게 말씀하셨고
나는 가장 좋아하는 짜장면과 탕수육을
먹으러 가자고 제안했다.

꽤 비싸보이는 중국집에 들어가
즐겁게 식사를 마치고 클라이언트와 헤어진 뒤
동행했던 친한 대표님이 한마디 하셨다.

"너도 나름 돈 좀 번 사업한 사업가 놈인데 짜장면이 뭐냐,
너 그럼 어디 가서 무시당해, 앞으론 비싸고 폼 나는 걸로 먹자고 해"

늘 주고받는 농담처럼 웃으며 넘어갔지만
집으로 돌아오면서 이런 생각이 들었다.

'성공하면 입맛도 바꿔야 해?'

#아직도의문이다 #끝이없는보여주기식사회 #난여전히
#짜장면 #탕수육

지루함과 친해지기°

늘 숨 가쁘게 달리며 남들보다 더 높이 올라가야 한다는
무언의 압박에 모두가 시달린다.
느리고 변화가 없는 것은 지루하고 틀린 것이라 말하며
재빨리 그 상황에서 벗어나려 한다.

아무리 재미있는 베스트셀러도
매 페이지마다 감동이 있고,
매 문장마다 깨달음이 있는 것은 아니다.

그러나 묵묵히 길을 따라 읽어가다 보면
생각지 못한 곳에서 깨달음의 한 줄과 만나거나
재미와 감동을 순간을 얻게 된다.

만약 지금 읽는 페이지가 조금 지루하다고 해서
책장을 덮어버린다면
곧 다가올 재미와 마주칠 수 있을까?

우리가 보내고 있는 이 청춘도
이것과 크게 다르지 않다.

매일, 매 순간이 활기 넘치고 즐거우면 좋겠지만
인생의 구성은 그렇게 단순하지 않다.
때로는 우울하고, 때로는 미치도록 무료한 순간도 있다.

보통의 삶이다.

친구들은 매일 해외여행을 다니고,
매일같이 비싸고 맛있는 음식을 먹으며
좋은 공연만 보러 다니는 것 같지만
그것은 일부다.
사실 그들의 삶도 지루함과 느림 투성이다.

큰 변화 없이 매일 회사와 집만 오가는 내 삶이
별 볼일 없게 느껴질 때가 있다.

하지만 이런 일상 속 지루함은
아주 자연스러운 보통의 순간이며,

그런 보통의 순간들은
책 속에 숨겨진 기쁨의 한 문장처럼
곧 다가올 행복을 위한 준비의 시간이다.

행복은,
멋지고 놀라운 일들의 연속이 아니라
자잘하고 소박한 기쁨들이 고요하게
이어지는 나날들이다.

#지루함과불행을 #혼돈하지마

축복°

관심사와 재능이 일치한다는 건
크나큰 축복이야

좋아하는 일을
잘 해내는 나와 마주하는 것만큼
행복한 경험은 많지 않으니까

마음속 고래 한 마리°

공룡과 로보트는
모든 남자아이들에게
선망의 대상이었다.

왜인지 기억나진 않지만
어린 시절 나는 공룡대신
가슴에 고래를 품었다.

어른이 되어 더 이상 공룡을 선망하지 않듯
성인이 된 내 가슴에도 더 이상 고래는 없었다.
아니, 없어진 줄로 알았다.

밀린 일처리를 위해 인터넷을 뒤지던 어느 새벽.
우연히 본 한 장의 사진에
심장이 그렇게나 쿵쾅거릴 줄 몰랐다.

나는 예전만큼 순수하지 않은데
고래는 여전히 우아하고, 신비로웠다.
여전히 가슴 뛰게 만드는 무언가가 있었다.

그렇게 다시 고래를 품은 지
8년이 지났다.
결국 떠나진 못했지만

고래를 보기 위해
세계 일주를 계획하기도 했고
몸 어딘가에 고래를 새기기도 했다.

며칠 전, 문득
누구나 마음속에 고래 한 마리쯤은
품고 있을 만 하다는 생각이 들었다.

각박한 내 삶을 푸른 바다로 만들어주는
존재가 있어서 인생이 조금은 촉촉해졌으니까.

8년 전 내가 다시 만난 건 고래였을까.
고래를 보며 가슴 뛰었던
어릴 적 내 순수함이었을까.

#긴흰수염고래 #일주일에한번은듣는질문
#고래가왜좋아요? #저도몰라요

고장난 계산기°

~~~~~~~~~~

나이가 들면 대부분
목적 없는 만남은 소모적이라고 말하지만
나는 아직도
목적 없이 만나는 게 목적인 사람들이 더 좋아
비록, 고장 난 계산기 소리를 듣는다 해도 말야

맞춤법과 띄어쓰기°

인간은 문제의 실체가 뭔지 모를수록
본질적인 문제가 아닌
표면적인 문제에 매달린다.

이런 표면적인 것에 집착하느라
오히려 본질적인 문제와 핵심을
외면하고 있는 것 같아
조금은 우려스럽다.

이건 마치 글 내용에는 전혀 관심 없고
맞춤법과 띄어쓰기가 틀렸다 맞았다만
지적하고 이야기하는 느낌이다.

고리타분해보여도
늘 깊게 들여다봐야 한다.

가십거리는 흘러가고
본질은 오래도록 남는다.

#사회뉴스에달린 #댓글을보며
#본질을보자

당신을 응원합니다°

이미 쌓아 올린 것을 허물고
모든 것을 새로 쌓아 올린다는 것은
말은 쉽지만, 말처럼 쉽지만은 않은 일.

익숙함을 버리고 기꺼이 어색함을 택하는 용기.
인정받는 내 분야를 떠나 다시 초보자가 되려는 각오.

이게 바로,
새로운 것을 시도하는 당신이
인정을 넘어서 존경의 대상인 이유.

행복은 늘 거기에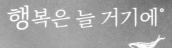

꽃길만 걷자며 꽃길을 찾아 이리저리 헤매지 말자.
네가 서 있는 그 곳도
가만히 들여다보면 예쁜 꽃 천지다.

욜로°

~~~~~~

모두가 욜로를 외치며 행복해한다.
비뚤어진 내 성격 탓인지 모르겠지만,
몇몇은 행복을 느끼는 게 아니라
'나도 나름 행복하다'고 온몸으로
울부짖는 듯하다.

남에게 보여주기 위한 행복.

미래를 준비해도 나오지 않는 답 때문에,
욜로 족이 생겼다는 글을 접했다.
무엇하나 내 뜻대로 되지 않아서
내 뜻을 없애버린 삶이라면
과연 거기에 행복이 있긴 있을까?

#욜로하고싶은데 #현실은과로 #이러다골로

여유도 쌓인다

〰〰〰〰

스트레스도 쌓이지만
여유도 쌓인다.

한 번의 스트레스로 감정이 폭발하지 않듯이
한 번의 힐링으로 마음이 눈에 띄게 회복되진 않는다.

내 삶의 템포에 변화를 주는 것.
마음가짐에 여유를 둘 수 있는 환경의 변화를 만드는 것.

이런 것들이 모여야
비로소 마음의 여유가 쌓인다.

마음 속 공허한 각오나 잠깐의 그럴듯한 도피성 여행 한두 번으론
삶을 크게 변화시키지 못한다.

욜로는 돈을 쓰고, 남에게 과시하는 것이 아니다.
욜로는 내면의 끝까지 들어가 보는 것, 그 과정을 통해 어떤 삶을
살아야
행복할 수 있는 사람인지 깨닫는 것이다.

사람마다 실천 방법도 형태도 다를 수밖에 없다.
겉으로만 그럴싸해 보이는 욜로 라이프를 위해,
흘러가는 소중한 일상을 등한시하지 말자.

그것들은, 적어도 욜로와는 아무런 관련이 없다.

#꽃에물을주듯 #자신에게도 #여유를주세요
#나만의리듬으로 #조금씩꾸준하게

어느 쪽이 진짜야?

수많은 이별과 사랑 글을 올리는 그녀는
상처는 많지만 참 따뜻한 사람처럼 보였다.

매일 열정에 대해 논하며 으라차차를 외치는 그는
매사 긍정적이고 뜨거운 사람이었다.

인상적인 두 사람을 실제로 만날 기회가 있었다.

수많은 사랑글로 도배하던 그녀는
이별 뒤에 늘 자신을 피해자로 둔갑시키고
지난 사랑 모두를 가해자로 몰고 있었고,

또 다른 열정론자는 입에 침이 마르도록
거지같은 세상 다 망해버리라고 말하며
엄지손가락으로는 '오늘도 열정으로 화이팅^^'
이라는 게시물을 올리고 있었다.

아, 도대체 SNS는 무엇인가.
깊은 고뇌에 빠졌다.

#잊지말자 #나도좋은것만올렸다 #데헷

나만의 왕국 건설하기°

얼마 전 친구가
'트위터로 나만의 왕국 건설하기' 라는
유머글을 내게 보내줬다.

일단 관심사가 비슷해 보이는 사람들을
최대한 많이 끌어 모은다.

그렇게 맞팔을 한 뒤,
내 사상과 의견을 부지런히 올린다.

가끔 내 사상을 지적하거나
내 의견에 반대하는 사람들을
차단하거나 팔로우를 끊는다.

짜잔~ 누구도 내 의견에 토를 달지 않는
나만의 왕국 완성!

그런데 재미있는 건
현실에서도 이런 형태로
관계를 맺고 살아가는 사람들이
생각보다 많이 눈에 띈다는 거다.

어라? 내 의견에 반대해? 너 절교!
어쭈? 감히 나를 지적해? 너 아웃!

현실판 나만의 왕국을 완성!

#국왕님 #저를버려주셔서 #감사합니다
#그왕국의국민이길 #혼신을다해거부합니다

2009년 머리말°

아침잠 많은 나를 깨워주는 방 한구석에 놓여진
흠집투성이 아이팟 나노에 감사합니다.

전날 새벽까지 원고와 책표지 때문에 씨름하며 잠들지 못했어도
불평불만 하나 없이 일어날 수 있게 도와주는 내 의지에 감사합니다.

아침의 축 늘어진 생각을 없애주는 출근길 사람들의 부지런함과
오픈준비에 한창인 매장들의 분주함에 감사합니다.

출근길 지하철 안에서 15세기 피렌체에 잠깐 들를 수 있게 해주는
다빈치에 관한 책 한 권과 지하철 네 번째 칸
구석진 공간에 감사합니다.

지하철에서 내려 불과 5분 남짓 걷는 출근길
홍대 거리에서 만나는 햇살에 감사하고

매일 들르는 테이크아웃 커피점의
에스프레소 머신 소리와 향긋한 커피냄새,

아침을 거르고 마시는 쓰디쓴 아메리카노에도
맛있다고 신호를 보내주는 내 몸에 감사합니다.

일을 시작하기 전에 잠깐 모여 앉아 웃을 수 있게 해주는
평범한 사무실과 나의 동료들에게 감사하며

웃음 뒤 시작되는 일에 대한 스트레스와 책임감을 즐길 줄 아는
내 머리에 감사합니다.

오늘 하루 이곳에서 만나는 모든 사람들에게 감사하며
그들과 편안하게 대화할 수 있게 해주는
내 목소리와 평범한 외모에 감사합니다.

또 힘든 일과 중에도 내 눈을 즐겁게 해주는
애플의 깔끔하고 매력적인 디자인에 감사하며
이것을 만들어준 잡스와 아이브의 천재성에 감사합니다.

지금처럼 애플에 미치게 해준 Macintosh 개발자에게 감사하며,
기꺼이 미쳐준 내 열정에 감사합니다.

지금 이 순간에도 원고를 쓰느라 분주한 못생긴 내 손에게 감사하며,
뒤죽박죽 머릿속에 있는 내 생각을
깔끔하게 표현해 주는 노트북에 감사합니다.

이렇게 모든 것에 감사할 수 있는 여유를 가르쳐준
"너무 앞만 보고 달리면 후회하게 되니,
마음을 좀 쉬어보는 건 어떨까?"
라고 적힌 한 장의 편지에 감사합니다.

그리고 이 글을 보고 있는 당신의 눈에 담긴 꿈에 감사하며,
이 책을 들고 있는 당신의 손에 물든 열정에 감사합니다.

2009년에 출간된 매킨토시 가이드 북 머리말을
2017년에 우연히 보게 되었다.

지금보다 더 가진 것 없던 스물여섯의 나는
참 감사한 게 많았구나.
과거의 나와 마주한 기분이 들었다.
따듯했던 감성을 잃어가고 있는 건 아닌지,
사소한 것에도 감사할 줄 알았던
순수했던 나를 지키기 위해

오늘도 감사하는 마음으로 살리라
조용히 다짐해본다.

#범사에 #감사합니다
#어릴적내가 #더어른이었던거같아

내가 빛날 수 있는 자리°

모 회사에서 세일즈맨으로 근무할 때
그야말로 사고뭉치 사원이었다.
말도 안 되는 제안을 끊임없이 한다는 이유로.

하지만 일자리를 옮기고 많은 게 달라졌다.
참신한 아이디어가 쏟아져 나오는
엘리트 신입이 되었다.

갑자기 아이디어 뱅크가 된 게 아니다.
나는 변한 게 없는데
서 있는 환경이 달라졌을 뿐인데
보는 눈이 달라졌다.

많은 사람들이 자기가 있던 곳을
크게 벗어나지 못한다.
힘들다, 피곤하다, 못하겠다, 하면서도
지금의 위치를 떠나는 것에 겁을 낸다.
큰 일이 날 것만 같다.
하지만 그렇지 않다.

바닥을 쳐보면 안다.
바닥이 그리 깊지 않다는 것을.

청춘은 짧고 유한한데
여기저기 옮겨 다닐 시간이 어디 있느냐 묻는다.

그 유한한 청춘을
나와 맞지도 않는 곳에서 전부 낭비할 셈이냐고 답하고 싶다.

삼국지를 보면 전장을 휘젓던 적토마라는 명마가 나온다.

만약 적토마가 여포가 아닌
한낱 푸줏간 주인을 만났다면
고작 몇 근의 고기다.

그러니
내 자리를 찾는 것을 게을리 하지말자.

청춘에겐
스스로 빛날 수 있는 자리를
고를 권리가 있다.

#나를인정해줄 #나만의자리를찾아서

경험의 투입과 산출°

얼마 전 두 명의 후배가 비슷한 시기에
호주 워킹홀리데이 기간을 마치고 귀국했다.

한 명의 후배가 지난 1년에 대해 자랑했다.

" 형, 워킹홀리데이 진짜 최고에요.
호주에서 마음 맞는 한국 사람들 알게 되었는데 진짜 재미있어요.
진짜 매일 밤 파티하고 놀았던 것 같아요.
해외생활 외로워서 그런지 여자애들도 되게 오픈마인드에요.
아, 저 호주에서 여자 친구 사귀었는데 사진 보실래요?
그리고 대마초가 합법이라 몇 번 해봤는데 형 해보셨어요?"

얼마 뒤, 다른 한 명의 후배를 만나
똑같이 지난 1년에 대해 이야기를 들었다.

"형, 워킹 홀리데이 정말 잘한 선택 같아요.
저 영포자였잖아요, 근데 1년 만에 입도 귀도 트였어요.
이제 무자막으로 영화도 볼 수 있어요. 완전 의외죠?
하루에 투잡, 쓰리잡 하느라 몸은 진짜 힘들었는데,
좋은 친구도 많이 사귀고, 영어도 늘고, 돈도 꽤 모아서 왔어요.
내년에 저 일하던 곳 사장님 보러 잠깐이라도 다녀오려구요. "

청춘의 로망인 워홀은 늘 의견이 분분하다.

좋은 경험이라고 말하는 사람도 있지만
나쁜 물만 들어서 온다는 사람들도 있다.

둘 다 맞는 말이다.
나는 경험의 투입과 산출이
반드시 일치하지 않는다고 생각한다.

A를 보고 배웠다고 해서
모두가 A의 견해를 가지게 되는 것은 아니며
B를 듣고 체험했다고 해서
무조건 B의 시각이 생기는 것은 아니니까.

같은 곳에서 같은 시간을 보낸 내 후배들도
투입은 같지만 전혀 다른 산출물이 나오지 않았나.

#이력서에찍힌 #단어만으로 #사람을판단하지않는이유

흉내 없는 삶

젊을 때는 남을 흉내 내지 않고,
나이 들어서는
남에게 나를 흉내 내라고 강요하지 않기

내가 생각하는
가장 멋지고 이상적인 삶

그릇의 차이°

그릇이 작으면 세상을 볼 수 없다

보여줘도 못 보고, 들려줘도 못 듣는다
그래서 생각하고 싶은 대로 생각하고
믿고 싶은 대로 믿는다

타인의 성공을 제대로 가늠하지 못하니
그저 운이 좋은 거라고 치부해서 배우질 못하고

세상사엔 귀를 닫고 나만 생각하고 살다 보니
내가 힘든 건 전부 세상 탓이라 생각해 발전도 없다

내 안에 작은 위로°

왜 그럴 때 있잖아
아무 일 없는데 갑자기 눈물이 터져 나올 때
마음은 이리도 울컥거리는데 말할 사람은 없고
바보처럼 활짝 웃고 싶은데 그 사람은 옆에 없고

세상은 조용한데 혼자만 전쟁이야
하루에도 수십 번씩 감정의 끝을 오가느라
지쳐있는 내 분주함이 남들 눈에는 보일 리가 없으니까

그런 날엔 조용히 지난 사진첩을 뒤적거려 봐
네가 지나왔던 작은 행복들이
가끔은 큰 위로가 되어 주기도 하니까

계산된 위험°

세상엔 두 종류의 위험이 있다.

하나는 당장의 즐거움을 좇음으로써
장기간에 걸친 피해를 감내하는
"눈먼 위험"과

어느 정도의 잠재적인 손실은 뒤따르겠지만
삶에 긍정적인 영향을 미칠 수 있는
"계산된 위험"이다.

청춘이 감수해야 할 것은
물론 계산된 위험이지만
대개 보통의 사람들은
둘 중 어디에도 발을 들여놓지 않고
안전한 길을 걷는다.

그저 모두가 가는 길을 따라가거나,
모두에게 용인될 만한 종류의 선택을 한다.

하지만 알을 깨고 나오고 싶은 청춘이라면
계산된 위험과 한번쯤은
맞닥뜨려야 한다…

한 단계 높은 무언가를 얻으려면
반드시 대가를 치러야 한다.
만약 그것이 혹독한 대가를 치르더라도
해볼 만한 가치가 있다면 더더욱.

떨어진 수많은 행복°

남보다 높이.
지금보다 멀리.
어제보다 더 많이.
앞만 보고 달리다 우연히 발견한
발밑에 떨어져 있는 빨간 종이.
그리고 거기에 적혀있던 문장 하나.

'행복이 여기 있어요'

슬쩍 뒤를 돌아보니
이제야 보이는
내가 지나쳐온 수많은 빨간 종이들.

행복 불감증°

조금 들여다보니 세상은
너무 자극적인 행복만을 추구하고 있었다.
마치 작은 행복은 제대로 느낄 수 없는
'행복 불감증'처럼.

마주보고 누워 머리를 쓰다듬으며 나누는 수다.
조용한 방 안에서 영화를 틀어놓고 홀로 마시는 맥주 한잔.
비오는 날 밤 창문을 열고 듣는 가지런한 빗소리.
카페에 앉아 좋아하는 노래와 함께 마시는 커피 한잔.

평범함 속에서 찾을 수 있는
일상 속 행복들을 우리는 기꺼이 무시하고 외면했다.
외면당한 그 자리는
더 많은 것, 더 비싼 것,
더 큰 것, 더 화려한 것들로 채워졌다…

더 비싼 것을 소비했을 때 느끼는 만족감.
더 나은 것을 가졌을 때의 우월감.
더 많은 돈을 벌고 모았을 때의 뿌듯함.
거기엔 가장 무서운 '남들보다'란
접두어가 생략되어 있었다.

사랑에서 행복을 느끼지 못하는 것만큼이나
삶에서 행복을 느끼지 못하는 것도
매우 안타깝고 불행한 일이다.

가진 것에서 행복을 찾지 못하고
갖지 못한 것과 놓친 것만 바라보고 사는 사람은
과연 행복이라는 곳에 도달할 수 있을까?

의문이 드는 밤이다.

너의 긍정 뒤에°

너의 밝은 웃음 뒤에 감춰진 공허함을
나는 알아.

너의 그 친절함 뒤에 얼룩진 흉터들도
나는 알아.

그러니,
오늘은 내게로 와서
마음껏 울어도 좋아.

이제는 남이 된 너에게 쓰는 편지°

안녕,
요즘 널 다시 만나는 시간은 너무 예쁘고 아픈 시간들이야.
예전 우리가 함께 했던 좋은 기억들이 되살아나는 듯해서 예쁘고
내가 놓친 것들이 얼마나 소중한 것들이었는지 깨달으면서 아파.

미안하고 사과해야 할 것들, 너무 많지만 여기엔 쓰지 않을게.
그런다고 없던 일이 되겠니.
어설픈 문장 한두 줄에 네 마음의 상처가 낫겠니.

연인사이는 아니지만, 그래도 다시 네 얼굴 볼 수 있어서 좋다.
예전엔 정신없이 사랑하느라 알지 못했던 것들,
눈앞에 네가 있어도 보지 못했던 것들이
하나 둘씩 머리로 눈으로 들어오는 것 같아서
이것 또한 좋으면서 아프다.

사실 이 나이 먹도록 제대로 된 사랑조차
못해본 것 같아서 부끄럽기도 해.
여자는 알아도 사랑은 모르는
못난 사람이라는 것도 네가 가르쳐주네.

가볍고도 가벼웠지. 며칠 전 네 눈을 보는데 순간 떠올랐어.
나라는 사람을 받아들인다는 게, 얼마나 힘들었을 지 말야.

괜찮은 줄 알았던 나도 사실 엉망진창이었고,
너를 만나 빨리 둘만의 성을 짓고 싶은 욕심에
고집 피우고, 무리수를 던지고, 그 과정에서 많은 실수를 저질렀지.
칠칠치 못했고, 사려 깊지 못했어.
마음은 저만치 앞서가는데 따라 와주지 않는 내 모습에 애가 탔고
내뱉은 말들에 비해, 점점 꼬여만 가는 현실에 화가 났었어.

내가 이렇게 괜찮은 척 허우적거릴 때도, 넌 늘 중심을 지켰었지.
현실을 핑계 삼아 맘껏 비뚤어진 나를
끝까지 챙기려고 했던 너였는데,
나는 그것마저 놓쳐버린 것 같아서
마음이 너무 아프고 후회가 돼.

너를 다시 만나는 건 지금 내게 가장 가치 있는 일이야.
알지 못했고, 보지 못했던 것들을 마주하는 시간을 더 갖고 싶어
다시 니가 따뜻한 눈으로 날 바라봐줬으면 좋겠다.

그리고, 너의 인생이 '내가 오기 전'과 '내가 온 후'로
차이가 있었으면 좋겠다.

#여전히 #행복했던것들은 #과거형

우리가 잃어가고 있는 말°

평소 유아교육학에 관심이 있어서
관련 서적을 보던 중
부모의 언어습관에 관한 부분을 읽게 되었다.
거기엔 아이에게 해서는 안 되는 말과
아이의 용기를 길러주고 자신감을 심어주는 말이 실려 있었다.

[아이에게 해가 되는 말]
내가 너 때문에 정말 못살겠다.
잘 좀 할 수 없니?
언제까지 이럴래?
지긋지긋해.
넌 왜 이정도 밖에 안 되니?
누굴 닮아서 이러니
너 때문에 이렇게 됐잖니
내가 그럴 줄 알았다.

[아이에게 도움이 되는 말]
정말 잘 어울린다.
나는 언제나 널 믿는단다.
잘했어!
그게 바로 네 장점이야.
실패했으면 다시 하면 돼.
모르는 것을 물어보는 것도 용기란다.

넌 훌륭한 사람이야.
참 재미있는 생각이네
할 수 있다고 마음먹었으면 무엇이든 해봐.
너는 세상에서 유일한 사람이야.

이 글을 읽다가 묘한 기분이 들었다.

아이에게 해선 안 될 말들은
청춘이 듣는 일상의 언어처럼 느껴졌고

아이에게 하면 좋은 말들은
우리 모두가 잃어가고 있는 말들 같아서…

#따듯함이필요해 #서로다독여주는사회라면 #얼마나좋을까

아이러니°

간절히 잡아두고 싶었던 순간은
그토록 빨리 도망가 버리더니

너무도 놔버리고 싶은 기억은
오래된 기름때처럼 끈질기게도 붙어있다

맨날 항상 늘

얼마 전부터 내뱉는 말에 대해
한 번 더 생각하는 버릇이 생겼다.

말이야 다 나름의 용도가 있지만,
될 수 있으면 사용하지 않는 게
좋은 말도 있다는 것도 알게 됐다.

생각 없이 내뱉는
"너는 [맨날] 그러잖아"
"왜 그렇게 [항상] 까먹어"
"넌 [늘] 말을 그렇게 하더라"
라는 식의 말은 내 생각보다 훨씬 날카로웠다.

분명 실수로 한두 번 정도 까먹었을 텐데,
진심과 다르게 한두 번 말이 튀어나왔을 수도 있는데,
누군가 던진 '맨날, 항상, 늘'이라는 말로 인해
그 사람은 매번 덤벙거리고 말도 좋지 않게 하는
'늘 문제가 있는 사람'으로 규정되었다.

어느 날 회사에서 업무상 실수를 저질러
힘들어하는 후배에게
힘내라는 위로를 건네던 어느 날
후배는 내 가슴에 커다란 말뚝을 박았다.

"괜찮아요 형, 형이 말했던 것처럼 전 늘 그런 놈이니까요"

무의식중에 후배에게 큰 악영향을 준 것을
그제야 깨달았다.
심장이 아팠다.

적지 않은 사람들이
고작 한두 번의 관찰을 통해 느낀 것들로
타인을 내 식대로 '일반화' 해버린다.
근거가 불충분한 일반화는
선입견이나 편견과 다름없는데도…

내가 경험한 세상은 고작해야
우물 안에서 본 하늘처럼
커다란 전체의 단편일 뿐인데
무엇을 근거로, 어떤 기준으로
타인을 재단했던 걸까.
그럴 권리가 내게 있긴 했을까?

인생은 곱셈이야°

흔히들 인생의 공식을 덧셈이라 한다.
50을 가진 사람과 50을 가진 사람이 만나
100을 만들어 내는 게
인생이라고 말한다.

하지만 현실의 공식은 곱셈이다.
아무리 황금 인맥을 가졌다 해도
내가 0이라면 그 결과 값은 늘 0이다.

200을 가진 사람을 만나도,
1000을 가진 사람을 만나도,
지금 내 값이 0이라면

그저 0이다.

준비되지 않은 자에게
인생은 덧셈으로 계산되지 않는다.
인생은 곱셈이다.

#자세히보니 #내가0이었고 #막이래 #민폐남

청춘이잖아˚

벌 자신 있으면 좀 써도 되고
뺄 자신 있으면 좀 쪄도 되고
성공할 자신 있으면 몇 번 실패해도 되지
쫄지 말고 가자 우리
까짓거.

악취°

~~~~~~~~~

'자존심'과 '자기애'란
나를 만드는 수많은 재료중 하나라서
지나치게 많이 가지고 있을 경우
다 쓰지 못하고 썩어서 고약한 악취를 풍긴다.

그렇다면 변질된 재료를 처리하는
가장 현명한 방법은 뭘까?

그냥 고민할 시간에
최대한 빨리 밖에 내다 버리는 것이다.

만약 오래 방치한다면
그 악취에 모든 사람이 발길을 돌릴 테니까.

#알량한자존심따위 #숨한번크게쉬고
#내다버립시다 #누군가떠나버리기전에

개천의 용은 정말 좋은 걸까°

친구 중 하나가 유명해졌다.

사업 때문에 동분서주하느라 바쁜 친구의 소식은
TV로, 뉴스로 대신 전해들을 때가 더 많았다.
한동안 우리의 술안주는 친구의 성공담이었고
다들 진심으로 칭찬해주었고 모두가 뿌듯해했다.

하지만 어느 순간부턴가 대화의 색이 달라졌다.
바빠서 술자리에 친구가 오지 못하는 날엔
'돈 벌더니 변한 친구'가 됐고,
뒤늦게라도 참석해 실컷 웃다 돌아간 날엔
'돈 벌더니 가식적으로 변한 친구'가
되어있었다.

친구가 어떤 행동을 해도 늘
'돈 벌더니'라는 접두어가 따라 붙었다.

친구는 물었다.
"내가 이 모든 걸 다 내려놓으면 다시 예전처럼 지낼 수 있을까?"

나는 알고 있다.
모든 걸 내려놓을 정도로
우정에 노력을 쏟아도 결국

'다 잃고 나니 이제야 우리 찾네'
따위 소리나 듣게 될 거라는 걸.

다들 개천에서 용나면 존경받는다하던데
현실 속 용은 이무기보다 외롭다.

문득, 진짜 우정이란
어려울 때 친구의 손을 놓지 않는 건지
친구가 성공했을 때 시기 하지 않는 건지
학창시절 친구들과 나눴던 대화가 떠올랐다.

그 때 우리는 모두
시기하지 않는 거라 입을 모았었는데
현실은 그게 아니더라.

사람이 연민을 갖는 건 쉬워도 질투를 버리기는 어렵다는 걸
이 때 분명하게 깨달았다.

#이거사실은 #내이야기 #꿈의뒷면

당연한 것°

배려와 기다림 중 당연한 것은
아무것도 없다.

아침에 눈뜨자마자 잘 잤냐고 묻는 것,
끼니때마다 밥은 먹었는지 확인하는 것,
나를 위해 주말을 비워놓는 것,
잊고 있던 내 일을 기억해 주는 것,

바쁜 와중에도 나의 연락을 기다리고
전화벨이 울리기 무섭게 달려나가 전화를 받는 것 중에서
당연한 것은 아무것도 없다.

늘 걸어온 길 뒤에°

~~~~~

성격 잘 맞고 말 통하는 인연은
인생에 한두 번밖에 찾아오지 않는대

그래서 어디에 있나 열심히 찾아봤더니
다 내가 걸어온 길 뒤에 있더라
정말로 헤어지기 전엔 모르나 봐
왜 이별하고 나서야 소중함을 깨달을까

바람은 눈에 보이지 않아°

전에 누가 그랬다.
바람은 눈에 보이지 않지만

흔들리는 낙엽, 헝클어지는 머리같이
무엇을 통해서 볼 수 있지 않느냐고.

사랑도 신뢰도 눈에 안 보이니까
어떤 말투 하나, 사소한 행동을 통해서
볼 수밖에 없다고.

처음부터 있다고 믿어도 느껴져야 안다면서
말로는 뭐든 할 수 있고,
좋을 땐 누구든 잘한다고.

이 말이 왜 그땐 서운하게 들렸는지
아직도 모르겠다.

그리고
이제서야 공감하는 이유도
알다가도 모르겠다.

#깨달음뒤엔 #언제나후회 #나란인간

그 시절°

우리가 있었다
그 시절 행복은 분명 그 곳에 있었다
지금은 희미하지만

사랑은 한때 그곳에 있었고
우리는 함께 그곳을 잊었다

지쳐있을 친구에게°

조금 지쳐있을지 모를 내 친구야.
나는 네가 유명인이어도 좋고 백수여도 좋다.
뜬금없이 포장마차를 오픈한다 해도,
국밥집을 차린다고 해도 난 상관없어.

다 좋다.
네가 뭘 하는 사람인지 별로 중요하지 않아.
그냥 가끔 밥 한 끼 술 한 잔하면서
사는 얘기 할 수 있다면 그게 좋은 거고
그게 친구지.

내 자랑은 너지 네 타이틀이 아니야.
그러니 항상 힘내고 만에 하나 실패한다고 해도
머릿속에 관계에 대한 걱정은 하지 말길 바란다.
상황은 변해도 우리 관계는 변함없을 테니.
힘내자. 화이팅

감정의 뿌리°

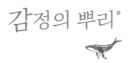

감정의 뿌리를 보는 것은 정말 중요하다.
내가 느끼는 감정을 아는 것은
그 상황을 이해하고 대처하는 데
중요한 역할을 한다.

감정의 뿌리는 매우 복잡하고 다양하다.
우리가 태어나면서 갖는 감정은
단 한 가지뿐이라고 한다.

세분화 되지 않은 감정의 덩어리로 태어나
3주가 지나면서부터 흥분과 고통을 구분하기 시작하고
3개월이 지나서야 분노를 알게 된다.

소리 내 웃는데 까지 4개월이,
7개월이 지나면서 공포를 알게 되고
12개월 이후부터 사람에 대한 정서적 애착이 형성된다.

이처럼 하나의 커다란 감정 덩어리는
성장하면서 굉장히 다양하게 쪼개진다.
우리 모두 이런 복잡한 감정의 뿌리를 갖고 있다.

화가 난다고 느끼지만 그 뿌리는 '서운하다'일 수 있다.
짜증난다고 인지하지만 그 뿌리가 '섭섭함'이기도 하다.

연민이라고 생각하지만 그 뿌리가 '사랑'일수도 있다.
내 감정의 뿌리를 알아야 지금을 바로 볼 수 있다.

하지만 성공을 위한 이성을 강조하느라
쪼개진 다양한 감정을
다시 덩어리로 돌려놓느라 모두 여념이 없다.

내가 가진 다양한 감정의 뿌리를 보지 못한 채
그저 '화나', '짜증나', '좋다', '싫다'
1차원적인 감정 표현만 반복하는 것은
덩어리 감정만을 지닌 유아적 행동이다.

#감정의통합 #쩔어 #대박 #실화? #소오름
#네마디면하루살기충분한세상

그런 날°

속 시원하게 말하고 나면 마음 편할 줄 알았는데
오히려 종일 신경이 쓰이고 마음이 쓰린 날

혼자서 삭히면 관계에 도움이 될 줄 알았는데
오해만 깊어지고 관계만 틀어져 가슴이 아픈 날

가끔은 포기해°

힘든 일이 파도처럼 밀려들 때
혼자서 이 악물고 견디다 보면
문득 이런 생각이 든다.

'이게 정말 좋은 방법일까?'

아픈 만큼 성숙해진다고 하지만
상처로 짓무른, 두렵고 병든 마음으로
과연 얼마나 멀리 갈 수 있을까?

청춘들에게 누군가 말해 주어야 한다.
지금 네가 하고 있는 일이
너를 짓무르게 할 만큼 힘들다면
그냥 포기하라고.

목표를 향해 나아가거나
세상을 바꾸려는 시도만큼이나
나를 아끼고 보살피는 것도
중요하다고.

네가 한계인가 아닌가는 중요하지 않아
네가 한계인지 아닌지 고민할 정도로
지금 지쳐있다는 게 중요한 거야.

내가 나에게 하는 당부

용서를 더 쉽게 하고

행복감을 덜 뽐내며

의무를 더 소중하게 생각하고

타인의 생각을 존중하는 마음으로

공감? 그거 별 거 없어°

공감 그거 별거 없다.
원래 힘들어 본 사람들이 위로를 잘할 뿐.

매일 죽고 싶은데 죽지 못하고 버티려면
스스로 계속 다독이고 위로하며
이겨내야 하니까.

매일 내가 나에게 했던 말을
너에게 해주는 거야.

스스로 수없이 다짐한 그 말을
너에게 해주는 거야.

내가 살기 위해
혼자 머릿속으로 수 없이 되뇌었던 말들을

너에게 해주는 거야.
넌 나처럼 되지 않았으면 하는 마음에서…

#지옥은 #둘보단 #하나만겪는게낫지 #그게너라면 #더더욱

걷는 방법°

지금 내가 서있는 이곳이
과거 내가 있고자 했던 곳은 아니지만

지금 나의 모습이
내가 되고자 했던 사람은 아니지만.

지금의 나는
그때의 나와는 전혀 다른 사람이다.

꿈꾸는 그곳에
어떻게 도달해야 하는지
그 방법은 아직도 배우지 못했지만
계속 걸어가는 방법은 잘 알고 있다.

물이 바위를 뚫을 수 있는 건
더 단단하기 때문이 아니라
그저 멈추지 않고 흐르기 때문이라더라.

#돈도없고 #빽도없으니
#그저묵묵히 #무소의뿔처럼 #혼자서가는데
#쵸끔외로워

대신, 진심°

거창한 선물은 못 해줘도
대신 매일 사소한 것부터 더 챙겨줄게.

사랑한다는 말은 자주 못 해도
대신 사랑받고 있다는 걸 느끼게 해줄게.

처음부터 완벽하게 잘해줄 순 없지만
대신 시간이 지나도 변하지 않을게

자신이 한심하다고 느낀다면°

가끔 일반적인 사람들과
일하는 방식이 다른 사람들이 있다.
그게 나다.
아마 너도 그렇겠지.

누군가 일반적인 잣대를 들이대며
너에게 비난과 잔소리를 쏟아내도
나는 네가 네 방식대로 노력하고 있음을 안다.

누군가의 눈엔 네가 아무것도 안하는 게으름뱅이로 보일지라도
아니라는 것을 나는 안다.
몸은 쉬어도 머릿속은 계속 일을 향해 돌아가고 있겠지.
제대로 즐기지도 못하고 쉬어도 쉬는 것 같지 않겠지.
잘 알아.

아이디어가 없을 때 한 달 붙잡고 늘어지는 것보다
느낌이 왔을 때 한 시간 집중하는 게
일의 효율과 결과물이 더 좋은 사람이 있다.

누군가 너에게 그 나이 먹도록
차도 없고, 집도 없고, 모아놓은 돈도 없냐고
걱정하는 척 비아냥거린다면

남들이 누리는 행복을 포기하고
하고 싶은 일을 위해 정진하는
그 가치의 소중함을 모르는
문외한이 하는 소리니까 그냥 무시해도 돼.

지금 네가 보내는 압축의 시기가
남들 눈엔 보이지 않아도 내 눈엔 보인다.
그러니 나이가 찬다고 조바심을 갖지 말고
조금만 더 너만의 페이스를 유지해봐.

세상은 개개인이 가진 '매력'으로 갈리고
그 매력을 보고 기회를 줄 사람을 만나는 '운'으로 갈리고
그 운이 왔을 때 잡을 수 있는 '능력'으로 또 한 번 갈리더라.

너는 너만의 '매력'과 준비된 '능력'이 있으니
곧 좋은 '운'이 들어올 거야.
그러니 계속 가자.

가끔 힘들면 기대.
함께 수다라도 떨자구.

마지막으로
너는 절대 한심하지 않아.
흔들리지 마.

#사랑하는청춘에게 #나는너를믿는다 #너도자신을믿어

평범하게 산다는 건°

평범 그거 참 어렵더라.

평범하게 사는 게
평범하게 사랑하는 게
평범하게 좋아하는 게

이토록 힘들 줄이야.
내게 '평범'은 그저 '어려움'일 뿐이다.

#평범하게살수있게 #100억만주세요

우리°

여유롭고 싶어서 독하게 살았는데
품에 남은 건 여유가 아니라 독기뿐이고
순간에 최선을 다하며 앞만 보고 살았는데
돌아보면 그 순간들은 다 어디론가 흩어져 버리고 없네
언제 돌아가야 할까, 어디로 돌아가야 할까

억지웃음 지으며 꾸역꾸역 살아가는 삶 속에
그래도 한 번쯤 미소지을 수 있는 건
곁에 서로 이해해줄 수 있는 사람이 있기 때문이겠지
서로가 서로에게 어깨를 빌려주며
별거 아닌 이야기를 주고받는

탈진°

사실 의지력이란 것이 특별히 강한 사람들이 있긴 합니다.
하지만 우리는 평범한 사람이고 우리에게 '의지력', '자제력'은
고갈될 수 있는 소모성 자원인 거죠.
그간 포기했던 순간들은 우리의 의지력이 형편없어서가 아니라
의지력이 고갈되어 포기할 수밖에 없었던 겁니다.
쉽게 말해 탈진이죠.

그러니 자신의 의지력이 부족하다고 평가하며,
'나는 왜 이럴까?', '나는 왜 이리도 의지가 약할까'라는 식의
자기 비하, 자기 학대를 할 것이 아니라,
'앞으로 어떻게 하면 탈진을 하지 않을 수 있을까'로
접근하고 완급조절에 신경 써야 합니다.
우리는 지극히 평범하지만
그렇다고 나약하고 부족한 사람은 아니니까요.

너라는 길°

너라는 길 위에서 나는 늘 방황이다

너를 향해 돌아가자니 너무 멀리 온 것 같고
너를 두고 걸어가자니 그 끝이 보이지 않아서

늘 그렇게 제자리만 빙빙 돌며
벌게진 콧등만 만지작거릴 뿐

못난 고백°

~~~~~~~~~

나도 남들처럼 떠나보낸 뒤에야 깨달은 줄 알았어

생각해보니 아니더라
그때의 난 마음속으로 이미 깨닫고 있었어
단지 어떻게 해야 할지 알지 못했고
서툴게 손 내밀 용기도 없었던 거야

훨씬 더 어리석게도.

마음의 바다°

낮에 보던 아름다운 바다가
밤이 되면 그렇게 무서울 수가 없다.
아름답게 부서지던 하얀 파도는
어느새 시커멓게 변해 집어삼킬 듯 일렁인다.

꼭 그때의 내 마음 같다.

마음의 태양이 가라앉아
좋았던 모든 것들이
무섭고 두렵기만 했던

행운은 발뒤꿈치에서°

청춘아, 하고 싶은 게 있다면
지금 바로 실행하자.
발로 뛰자. 행운은 발뒤꿈치에서 나온다.

우리 멋 부리지 말자.
우리가 배운 것이 실행을 가로막고
알량한 체면이 실천을 가로막는다.

우리 숨 한 번 크게 쉬자.
열정이 없다면 아무것도 없는 것이다.
불가능한 상황을 만들고 그것에 적응해보자.
그리하면 성장한다.

우리 환경이 열악하다고
가진 것이 없다고 투덜대지 말자.
인간의 창의력은 목표가 명확하고
리소스가 제한된 환경에서 극대화된다.

그러니 목표를 세우자.
커도 좋고 작아도 좋다.
가치가 있다면 모두가 반대해도 시작하자.

청춘의 무기는
아직 여물지 못한 머리가 아니라
백리를 뛰어도 지치지 않는 발뒤꿈치다.

틀린 사람은 없다지만°

세상에 틀린 사람은 없다고 하지만
내 삶을 어떤 사람들과 함께 해야 하는지는
모두의 머릿속에 꽤 명확하게 그려져 있잖아요?
그러니,
내 마음 힘들게 하며 모두를 수용할 필요는 없어요.

세렌디피디°

~~~~~~

완전한 우연으로부터
중대한 발견이나 발명이 이루어지는 것을
serendipity 라고 한다.

기획자가 낮잠을 자는 동안 기가 막힌 아이디어를 꿈으로 꾸거나
작곡가가 꿈에서 들은 멜로디로 다음날 명곡을 써내려가는 것처럼.
깊은 몰입상태에서는 뇌가 자는 동안에도
해마가 중요한 정보를 재조합하고 답을 준다고 한다.

얼마 전 더 나은 디자인을 위해
몇 주간 씨름하던 프로젝트가
꿈에서 본 무언가에 영감을 받아
단 반나절 만에 끝이 났다.

운 좋게 결과도 괜찮았다.

간절히 무언가를 바라면
우주가 나서서 도와준다는 말이
어쩌면 사실일지도 모른다는 생각을 하게 됐다.
1도 안했었는데.

행복의 책임°

불행히 일어나는 일들은
내 책임이 아닐 수 있다.

하지만 과거의 불행을 가져와
오늘의 나를 불행하게 만든다면
그건 정말 내 책임이다.

내 행복의 책임이 있는 사람은
나 뿐이니까.

명언°

까르페디엠을 외치며
누군가는 돌아오지 않을 청춘을 꿈에 투자하며 밤을 지새우고
누군가는 내일은 없는 것처럼 클럽에서 밤을 지새운다.

욜로를 외치며
누군가는 나를 찾기 위한 건강한 휴식으로 멘탈을 쌓고
누군가는 남들에게 뽐내기 위한 사치와 과시로 카드빚을 쌓는다.

인생 뭐 있어 라고 외치며
누군가는 실패를 두려워하지 않고 끊임없이 도전을 하고
누군가는 백수를 두려워하지 않고 끊임없이 논다.

같은 명언을 품고 사는데
왜 나만 결과가 달라요 라고 묻는다면
답은 하나다.

상황은 비슷했지만
대처가 달랐으니까

#현명함의차이

살펴보기°

아이들에게 말했었죠
위험하니까 잊지 말고 좌우를 꼭 살피라고.

자신에게도 말해주세요
위험하니까 잊지 말고 나를 꼭 살펴주라고.
지쳐 쓰러지면 안 되니까

어떤 하루°

나이가 들어갈수록,
맘은 자주 가라앉고,
몸은 움직이기 싫어지고,

일은 빨리 되지 않고,
말은 생각보다 섣부르고,
책은 읽기보다 사는 걸로 만족할 때가 많다.

보고 싶은 사람이 점점 줄어들고,
부담스러운 사람이 많아진다.
뭐가 될까를 생각하는 시간은 줄고
뭐 먹을까를 생각하는 시간이 늘어간다.

바쁘게 하루를 시작했다가
예상치 못한 전화 한 통에 모든 집중력을 다 잃고
까먹지 않기 위해 적어둔 장보기 목록을
두고 온 것을 나중에 깨닫고 혼자 웃다가

계획한 일을 제대로 마치지 못한 채 지나가는 하루를
오늘도 가만히 쳐다보고만 있다.

매일매일이 아쉬운데
순간순간을 자꾸 놓치고 만다.

마음의 베짱이°

익숙하지 않은 것을 시도할 때면
어김없이 머릿속에서 '마음의 베짱이' 하나가 등장한다.
"뭐 이렇게까지 하려고 해, 무리하지 마"

지낼 곳도 없이 무작정 서울로 뛰쳐나와
찜질방에서 어딘가 있을 꿈을 찾으며
몰래 속옷을 빨고 있던 그 날도.

중요한 프레젠테이션을 성공시키고 싶어서
책상위에 꼬부기 인형을 올려놓고
밤새 혼잣말로 리허설을 하던 그 날 밤에도.

사랑했던 사람이 너무나 보고 싶어서
무작정 택시를 타고 그녀의 집 앞 놀이터로 찾아가
울고불던 그 날 새벽에도.

어김없이 '마음의 베짱이'는
'도대체 무얼 위해 그렇게 까지 하냐'며
날 찾아왔다.

세월이 흘러 햇살 좋은 테라스에 앉아 커피 한 잔 마시며
나를 돌아보던 어느 봄 날.
'마음의 베짱이'가 갑자기 찾아와 나에게 이렇게 말해주었다.

'아, 너 이걸 위해 그렇게 까지 했었구나'
낮은 미소가 입가에 맴돌았다.

#이렇게까지해야하나싶은걸 #그냥하는것 #그게바로
#한계를넘는것 #한계란 #별로대단한게아니야

자기다움°

~~~~~~~~~

동굴에 갇혀 몇 년을 보낸 적이 있다.

긴 시간 자신을 방관하고 산 나는
무엇부터 시도해야 할지조차도 잊어버렸다.
계획도 의지도 없는 상태에서
내게 큰 도움이 된 것들은
아주 의외의 것들이었다.

남들이 맛있다는 곳에 가서 밥 한 번 먹어보고
남들이 괜찮다는 일 한번 가볍게 시작해보고
남들이 재미있다는 영화 한 편 보다보니
어느덧 나는 동굴밖에 걸터앉아 있었다.

모방이 창조의 시작이다.
자기다움은
첫 발부터 떼고 천천히 만들면 된다.

의지도 계획도 없는 내게 필요했던 건,
단 한방의 멋지고 완벽한 도전이 아닌
불완전해도 지금 당장 내딛는 한 발자국.

바로 그 '첫걸음'이었다

#처음부터 #너무부담갖지마 #누구나다그래

결국, 사람°

남들 다 꿈을 이룰 때
나만 꿈을 잃어갔다.

아무것도 남은 게 없을 때,
나를 구해 준 건 사람이었다.

절망에 빠져 동굴 속만 전전하며
누구도 만나고 싶지 않던 그 시간,
나를 동굴 밖으로 꺼내준 건 돈이 아닌 사람이었다.

세상이 다리가 부러졌으면
목발이라도 짚고 뛰라고
머리채잡고 끌어당길 때,
다친 다리는 괜찮냐며 조용히 밥 한 끼 내밀던 것도 사람이었다.

손 내밀어 준 모두
그동안 잊고 있던 내 사람들이었다.

가진 것보다 가지지 못한 것에
집착하고 살던 때,
너무나 당연해 보지 못하고 외면했던
내 옆의 사람들이었다.

손°

모든 게 사랑스럽지만
난 네 손이 가장 좋았다.

처음 잡은 손의 떨림에서 너의 설렘을,
깍지 낀 손가락의 끝에서 너의 편안함을,
손등에 포개진 네 손의 온도에서 미안함을,
평소보다 거칠어진 손바닥에서 너의 하루를,
내 손바닥을 간지럽히는 네 손가락 낙서에서 사랑을
느끼던 그 시간들이 참 좋았다.

너는 모르겠지만
네 손은 나에게 참 자주 말을 걸었다.

용서를 위한 용기°

한때 남에게 무시당하는 것을
가장 두려워했다.
그래서 나를 공격하려는 사람의
단점을 찾아 비난함으로써 내 열등감을 감추려는
심리적 방어기제가 생기기도 했다.

욕심이 줄고 나이를 먹으니,
조금씩 내가 보였다.

내가 화를 내는 이유는
자기 비난, 자기 학대를 감추기 위해서였다.
화를 내는 것은 내 약점을 감추는 행위였다.

사람들은 실수를 인정하는 대신 화를 내곤 했다.

화를 내는 데에는
큰 용기가 필요하지 않으니까.

실수를 인정하고 스스로를 용서하려면
큰 용기가 필요하지만,

화를 내는 데는 자신의 실수를 눈감을 정도의
작은 용기면 충분했으니까.

나는 강한 척했을 뿐
누구보다 겁쟁이였다.

아직도 버리지 못한 것들°

내가 정신적으로 가장 힘들었던 시기는
완전히 바닥을 찍었던 시절이 아니라
어설프게 무너졌던
애매한 그 시절이었어

바닥을 딛고 다시 올라가고 싶은데
자존심과 체면을 미처 내려놓지 못해
바닥이 닿을락 말락 한 그곳에서
발만 구르며 허우적대던
바로 그 때였어

아끼다 똥 된다°

큰맘 먹고 산 고가의 옷을 아껴뒀다 중요한 날 꺼내 입었더니
유행이 지나 있었고

맨 나중에 먹으려 했던 접시 위 가장 맛있는 음식은
배가 불러 먹지 못했다.

그러지 말았어야 했다.

좋은 옷은 당장 입었어야 했고,
맛있는 순서대로 먹고 남은 건 버렸어야 했고,
마음도 말도 아끼지 말고 표현했어야 했다.

내가 아껴뒀던 모든 것들은
시기를 놓치고 가치만 바래졌다.

#아꼈더니 #똥

양자택일°

어떤 일을 두고 이럴까 저럴까
오랫동안 망설여진다면
사실 어느 쪽으로 결론을 내도
크게 상관없는 경우가 많다.

밤잠을 안자고 고민해도
쉽게 결론이 안 나는 일은
대부분 그렇게 오래 고민할 가치가 없다.

고민이 길어지는 이유는
어느 쪽으로 결정해도
이익과 손실이 비슷하기 때문이니까.

오랫동안 고민한다고
좋은 결론이 나오는 것도 아니고

지금 당장 결정한다고
나쁜 결론이 나오는 것도 아니다.

그럼에도 내가 계속 망설였던 것은
손해는 보지 않고 이익만 얻으려는
욕심 때문이었겠지.

하기 싫은 조언°

과거 모 기업의 바이어가
입점을 대가로 노골적인 뒷돈을 요구한 적이 있었다.

물론 거절했고 해당 채널 진출은 막혔다.
당장의 손익을 떠나서
벌써부터 갑질에 놀아나고
권력에 아부하며 살긴 싫어서.

더 씁쓸한 건 앞으로 패기 있게 도전하는
젊은 후배들이 나에게 답을 물었을 때
"이 바닥 원래 그런 거야"
"네가 아직 사업을 모르는구나"
따위의 말을 해야만 한다는 거다.

난 못 할 것 같다.

대한민국에서 성공하려면
얼마나 많은 기준을 버려야 하는지
난 알려주고 싶지 않다.

할 수만 있다면 소신을 지키면서도
성공할 수 있는 길을 열어주고 싶다.

소신을 지키고 살기 참 힘든 시대다.
부모님 세대가 오르막길을 오르는 고단함을 경험했다면
지금의 청춘들은 끝을 알 수 없는 내리막을 마주하고 있다.

청춘들에게 내가 해줄 수 있는 일이 있을까?

#타협하지마 #지지마청춘아
#가만생각해보니 #내코가석자

셀프 선물°

힘든 하루 버텨낸 나에게 가끔 선물을 해 주세요
까짓것 몇 만 원 더 비싼 곳에서 예쁘게 머리도 하고
오천 원 더 비싼 곳에서 맛있는 것도 먹여주고
멀지 않아도 좋으니 어디라도 잠깐 떠나
편안하게 커피 한 잔할 수 있는 여유를 주세요

우리 충분히 있어요
그럴 자격

반쯤 채워진 컵°

"아직 컵에 물이 반이나 남았다"

긍정적 사고의 중요성을 논할 때면 언제나 등장하는 단골 아이템
'물이 반쯤 담긴 컵'

물이 반쯤 담긴 컵을 보며 "아차! 물이 반밖에 남지 않았네?"
라고 말하는 사람은 부정적인 사람

"아직 물이 반이나 남았네?" 라고 생각하는 사람은
긍정적인 사람.

긍정마저 주입식으로 교육받은 탓에
우리는 언제부턴가 입 밖으로 부정적인 단어를
꺼내는 것을 회피하기 시작했다.

의식 속에 뿌리깊이 스며든
'긍정해라'라는 무언의 압박 때문에 많은 청춘들이
비판적으로 사고하는 방법을 잊어버렸다.

잔인하게 들리겠지만 맹목적 긍정론은
반쯤 담긴 컵이 아니라 가득 찬 주전자와 넘쳐흐르는 컵을
수백 개는 가지고 있는 자들이 파 놓은 함정이다.

나는 괜찮다고 말하는 동안에도
월급보다 많은 카드청구서는 어김없이 날아올 것이고,
모아둔 돈은 곧 당신 통장을 떠난다.
오래된 친구는 별 것 아닌 문제로 나에게 등을 돌릴 것이고,
5년 전 상상했던 내 모습과 사뭇 다른 나를 보며 실망하고,
5년 후에도 크게 달라질 것 없을 것 같다는 불안감은
또 다시 당신을 덮쳐 올 것이다.
인생이 그렇다.

그럼에도 청춘이니까 여전히 괜찮아. 다 잘 될거야 라고
말해야만 한다면 그건 과연 누구를 위한 청춘인가.

때론 삶은 엉망진창이고, 가끔 열정은 날 배신하며,
내 의지로 결정할 수 있는 것들이 그리 많지 않다는
그 사실을 받아들여야만 한다.

비판적 사고는 문제를 직시하는 데서 출 발한다.
그래서 '무한긍정론자' 들에게
비판적 사고는 불가능에 가깝다.
왜냐하면 이들의 머릿속엔 여전히 '물이 반이나 남아'있으니까.

욕망하자. 비판하자. 부정해도 괜찮다.
청춘은 적당히 만족하라고
아프라고 있는 게 아니니까.

#아픈건아픈거고 #청춘은청춘이야
#직시하자현실을

나는 병아리다°

나는 병아리다.
그래서 새로운 무언가를 배우는 것이
너무 즐겁고 흥분된다.

동시에 아프다.
배우는 과정은 깨지고 깨닫고
좌절하고 이겨내는 과정의 연속이다.

그렇기 때문에
사람은 배움을 통해 겸손해 진다.
나는 병아리다.
꾸준히 배우자.
기본에 충실하자. 나는 병아리다.

기교 부리지 말자. 응용은 나중이다.

#스물여섯에 #내가나에게쓴메모 #지금도병아리인게문제

여행과 사랑°

요령이 생기지 않는 것들이 있다
여행과 사랑

아픈 종아리를 두드리며 후회한 밤이 샐 수 없고
날마다 짓물러버린 가슴 쥐고 수천 번 눈물 흘려보아도
여전히 종잡을 수 없다

여행과 사랑은

좋은 사람°

잘 알지도 못하면서
슬퍼하지 말라고 한다.

들어준 적도 없으면서
힘내라는 입에 발린 소리를 한다.

공감하고 있지 않으면서
내가 니 마음 다 안다고 한다.

자신을 좋은 사람으로 포장하기 위해
성의 없는 위로를 퍼붓는 것이
사실은 더 큰 상처라는 것도 모르고.

#나는이렇게나 #자상한사람이라는 #자뻑용위로

있는 그대로를 사랑해줘요

나는 계산적이지 못하고 밀당도 싫고
나는 있는 그대로의 내가 너무 좋아.

나는 너무 솔직한 성격이고
내 특별한 노력이 없어도
너는 나를 있는 그대로 사랑해 달라.

착각하지 마세요.
관계에 대한 노력 없이
그 자체를 받아주길 바라는 건
그냥 관계에 나태하고 이기적인 겁니다.

#사랑을원한다면 #사랑을
#믿음을원한다면 #믿음을

진짜°

진짜는 말이 없다고 하는 사람에게
상대의 애정 어린 표현들은
그저 귀찮음의 연속일 뿐이다.

사랑은 따듯함이라고 말하는 사람에게
상대의 침묵은
그저 갈증의 연속일 뿐이다.

표현의 코드가 비슷한 사람끼리 만나야 한다.
안 그러면 따듯한 쪽은 끊임없이 상처받고
반대쪽은 의도치 않은 미움만 받는다.

#진짜는말이없다? #천만에 #사랑은표현이야

사소함°

〰〰〰

사랑을 하다 보면 안다

우리가 사랑할 때 정말 필요한 것은
가끔 멋진 차를 타고 먼 곳을 함께 해주는 것이 아닌

늦은 새벽, 집 앞 슈퍼도
함께 손을 잡고 같이 가주는 것이라는 걸

특별함보다 더 어려운
그런 사소함까지도
늘 웃으며 함께 해주는 거라는 걸

질소 과자°

난 어쩌면 거만하고 독선적이지만
내면은 텅 빈 사람이었을지 모른다.

자신을 향한 비난을 숨기기 위해
화려한 당당함으로 치장해 왔을지도 모른다.

체면이 깎이는 것을 두려워 해
자신을 과대 포장해 왔을지도 모른다.

그땐 몰랐다.

진정으로 강한 사람은
그 어떤 비난의 화살에도
너그러울 수 있는 사람이라는 걸.

부드러운 여유는 우리가 그토록 열망하는
높은 자존감이 만들어낸 내면의 마음속 태양이다.

보이지 않지만 큰 나무도 쓰러뜨리는 바람처럼,
흐릿하지만 수많은 별들을 가리는 구름처럼,
연약하지만 바위를 깎는 저 물줄기처럼

부드러운 여유 속 자존감은
수많은 타인의 평가와 비판 속에서도
자신을 잃지 않는 단단한 강인함을 준다.

#남들의평가에목매고있다면

어른이 된다는 것°

한 선사께서 해주신 말이다.

"진정한 어른이 된다는 것은, 젊은이가 잠에서 깰까봐
당신의 줄어든 아침잠을 내색하지 않고
자는 척 가만히 누워 두세 시간을 보내는 법을 배우는 것" 이라고…

어른이 되면
시간의 힘을 사용할 줄 알게 되고
침묵으로 말하는 법을 알게 된다는 말을
빨리 몸으로 깨우치고 싶은 밤이다.

불행중독°

〰〰〰

느닷없는 타이밍에 이런 이야기가 쏟아진다.

사실 나 우울증을 앓고 있다.
내 애인이 나를 습관적으로 때린다.
우리 부모님은 바람을 피우고 알콜중독이다.
난 자살하려고 약을 먹은 적이 있다.
무겁고 극단적인 이야기들.

실제 그 불행 속에서
큰 고통을 받고 있는 사람이라면
안타까움을 나누고 위로해 줘야하지만
그 불행이 그다지 고통스럽지 않은데
그저 그 불행한 캐릭터에 심취해 있는 사람이라면
당신은 이미 위험에 처한 거라 볼 수 있다.

불행에 중독된 상태인 사람은 매우 위험하다.

아무 때나 자신의 불행을 꺼내어
당장 내 이야기를 들어줘!
빨리 내 상황에 공감해!
나를 안타깝게 여겨!
라고 강요한다.

그들은 함께 소통을 하고 있다고 생각하지만
그것은 사실
일방적인 배설과 고통의 전가일 뿐이다.
그는 지금 당신의 감정 따위
신경 쓰지 않는다.

단지,
당신이 자신의 고통에 공감해주기만을 원할 뿐.

불행에 중독된 사람은 자신을 사랑하지 못한다.
아니 하지 않는다.

그렇게 스스로를
불행의 늪에 갖다 버려놓고는
상대에게 나를 버리지 말아 달라 호소한다.
내가 버린 나를 너는 거두라고 강요한다.

길을 걷다 넘어진 사람은 일으켜 세울 수 있다.
그에겐 다시 일어나려는 의지가 있으니까.

하지만 스스로를 포기한 불행 중독은
절대 일으켜 세울 수 없다.
그에겐 불행을 벗어나려는 의지가 없다.

참으로 슬프고 애석하지만
내가 무언가를 바꿀 수 있다는
희망은 버리는 편이 낫다.

불행중독 테크트리°

정상인

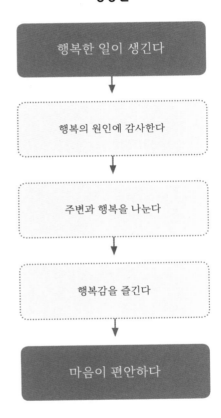

행복한 일이 생긴다

↓

행복의 원인에 감사한다

↓

주변과 행복을 나눈다

↓

행복감을 즐긴다

↓

마음이 편안하다

불행중독자

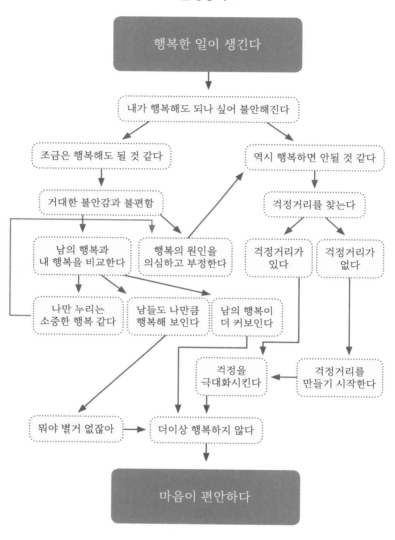

행복한 일이 생긴다

내가 행복해도 되나 싶어 불안해진다

조금은 행복해도 될 것 같다

역시 행복하면 안될 것 같다

거대한 불안감과 불편함

걱정거리를 찾는다

남의 행복과
내 행복을 비교한다

행복의 원인을
의심하고 부정한다

걱정거리가
있다

걱정거리가
없다

나만 누리는
소중한 행복 같다

남들도 나만큼
행복해 보인다

남의 행복이
더 커보인다

걱정을
극대화시킨다

걱정거리를
만들기 시작한다

뭐야 별거 없잖아

더이상 행복하지 않다

마음이 편안하다

#이건답이없어요 #어찌합니까 #어떻게할까요

잘 하고 있어요

삶이 문득 무섭고
내가 잘 살고 있는 건지 두려울 때가 있죠.

하지만 걱정 마세요.
고민할 줄 안다는 것은 잘 살고 있다는 증거이고
곧 그 생각이 좋은 곳으로 당신을 이끌어 줄 테니까요.

진짜 걱정해야 할 사람은
그런 고민조차 하지 않는 사람들이죠.

깊어질수록°

~~~~~~~

사업도 인간관계도 사랑도,
삶의 이치는 모두 닮았다.

얕을수록 자신감 넘치고,
깊어질수록 쉽지 않다.

#그래서나는지금 #매우자신감이넘친다

결국 끌리는 사람은°

지갑이 두터운 사람보다
사상이 두터운 사람이 좋더라.

만나면 돈을 덜 쓰게 하는 사람보다
신경을 덜 쓰게 하는 사람이 편하더라.

몸매가 섹시한 사람도 좋지만,
뇌가 섹시한 사람에게 마음이 더 끌리더라.

경력이 많은 사람보다,
배려가 많은 사람이 더 존경스럽더라.

그게 남자든 여자든,
지내보니 그렇더라.

열심히만 하지 말고°

최선을 다했다면 부끄러움이 없다.
진심이었다면 후회는 없다.
할 수 있는 걸 다 했다면
미련이 남지 않는다.

하루하루 나만의 방식으로
치열하게 살다보면
좋은 날은 반드시 찾아온다.

다만, 열심히 만으로는 부족하고
이미 성공한 사람들의 발자취를 따라
스스로의 방식을 대입해가면
헤매지 않고 좀 더 명확하게 나아갈 수 있다.

#네길을먼저간 #앞사람을참고하는건
#두사람모두에게 #긍정적이다

모순

관계, 때론 참 웃기지

당연한 누군가에게는 꼭 상처를 받고

뜻밖의 누군가에게는 감동을 하니까

자랑스러움

누군가의 관심과 칭찬을 위해 애쓰지 마세요

자기 입으로 말하면 한낱 자랑거리지만
말하지 않고 품으면 자랑스러움이 됩니다

태양이 빛을 필요로 하지 않고
바다가 목마름에 허덕이지 않듯
당신도 그 자체로 충분히 빛이 나니까요

한 푼 두 푼 모아°

사회 초년생 때
가난에서 벗어나고자
이를 악물고 살았던 기억이 있다.

동전 열 개가 모이면 천 원짜리 지폐로 바꿔
책 사이에 끼워 두었다.

길거리 붕어빵도, 떡볶이도
그 좋아하는 계란빵도
저축의 즐거움을 막을 순 없었다.

그렇게 천 원짜리가 열 장이 되면
만 원짜리로 바꿔서 가까운 ATM으로 향했다.
그렇게 돈을 모았다.

어떤 유혹에도 흔들리지 않고
그렇게 한 푼, 두 푼 꾸준히 모았고
나는 세 푼이 되었다.

#반전은없다 #티끌모아티끌 #여덟번반복해도 #팔푼이

우유부단은 어리석음°

"야, 교수님이 영어 실무 좀 쌓으라는데 어쩌지?"
"그럼 일단 추천받은 곳 취직해봐"

"그럴까? 근데 근무시간이 너무 긴 거 같아.
개인 생활은 보장되어야 할 것 같은데"
"그럼 돈 조금 덜 받더라도 일찍 끝나는 곳을 알아봐"

"아 근데 월급이 너무 적으면 좀 그렇지. 생활도 빠듯한데"
"그럼 일단 추천받은 곳을 다녀봐. 그리고 나중에 고민해봐"

"아 근데 영어 실무에 거기가 적당할까? 도움 안 될 것 같은데"
"호텔이니까 아무래도 도움 되지 않을까?
교수님도 그래서 추천하신 거 같은데"

"아 근데 근무시간 진짜 너무 긴데…."
"……."

극단적 표현일지 모르겠지만
대부분의 우유부단은 어리석음에서 나온다.

정보가 부족하면 판단할 수 없다.
모르면 우유부단해진다.

신중함은 앎을 전제로 한다.
장점과 단점, 이익과 비용을
냉정하게 계산하려면 정보가 필요하다.

파악된 정보와 경험에 의한 직관이 더해지면 결단이 된다.
우리가 인생을 낭비하는 가장 큰 이유는
버텨야 할 때 관두고
관둬야 할 때 버티기 때문이다.

지식과 지혜는
단순히 성적과 스펙 쌓기를 위함이 아니라
이러한 결단을 돕기 위해 축적하는 것이다.

#짜장면먹을까 #짬뽕먹을까 #이런건제외

조금만 천천히°

해야 하는 것이 너무 많아
'하는 것'에서 '겪는 것'을 발견하지 못하는 것은

체험의 과잉이자
경험의 빈곤일 뿐.

폰팔이와 명강사°

아이폰 구매 대기열이 길게 늘어선 날.
아이폰에 필름을 붙여주고 있을 때,
육두문자와 스마트폰 하나가 함께 날아왔다.

집에서 혼자 필름을 붙이다 망친 그 남성은
이곳에서 서비스를 받은 냥 혼신의 연기를 펼치기 시작했다.
이 먼지가 안 보이냐, 일 이따위로 할 거냐, XXXX
그 날 먹은 육두문자 덕에 수명이 몇 년은 늘었다.
목불인견.

몇 주 뒤, 꽤 큰 컨퍼런스 장에서 강연을 했다.
강연이 끝나면 기업관계자, 각종 매체 분들과 인사를 나눈다.
인사 중인 무리 틈을 마구잡이로 헤집으며 나타난 한 사람.
몇 주 전, 내게 육두문자를 날린 그 분이다.

유니폼 차림의 나와, 슈트 차림의 나를 못 알아보는 훌륭한 안목.
젊은 강사님 멋지다며 연신 칭찬하는 완벽한 교언영색의 태도.
쏟아낼 줄만 알고 들을 줄은 모르는 그만의 독특한 대화방식.
눈인사로 일관하고 입을 닫았다.

지금도 가끔 생각한다.
강의를 마친 뒤 명함을 건넨 그 분에게 사실을 말했다면
'폰팔이'인 내 모습마저 존경했을지
아니면
'명강사'라던 내 모습까지 폄하했을지.

#목불인견 #만수무강잼

가면놀이°

사람은 누구나
삶이라는 무대 위에 오르는 동시에
역할을 부여 받는다.
예외는 없다.

세상의 빛을 보는 순간
우리는 자식이라는 역할을 부여받고
더불어 두 명의 아빠, 엄마 역할이 생겨난다.

학교에 들어가는 순간,
사회에 첫 발을 내딛는 순간
우리는 학생과 사회인이라는
또 하나의 역할을 부여받는다.

우리가 뜨거운 사랑에 빠지는 순간도
누군가의 애인이라는 역할이 주어지는 순간이다.

역할은 일종의 책임이다.

이미 시작된 무대 위에
아무 역할도 부여받지 못한
한 사람이 멀뚱히 올라
그저 자기가 하고 싶은대로 하고 싶은 말만

늘어놓다 내려간다면
그것은 과연 옳은가.

'내가 지금 다른 것 땜에 힘들어 죽겠는데
네 앞에서까지 신경 써야 돼?' 라고 말하는 건
그냥 개인의 이기심이다.

관계에서 오는 최소한의 스트레스도,
기본적인 역할과 책임도 지기 싫다는
지극히 개인적인 이기심일 뿐
그 이상도 이하도 아니다.

당신이 가면놀이라 여기고
회피하려고 했던 그것은
모두가 부여받고 소화해내고 있는
역할의 책임감이자
관계에서 오는 최소한의 배려라는 걸

왜 당신만 모르는가.

#있는그대로의너를받아주기엔
#네성격이너무좀그래
#싸가지에면죄부는없지

사람 하나 있었으면°

여전히 아무 문제없이 잘 지내는 것처럼
보일 요즘.

사실 그냥 이대로 죽어도 아깝지 않을 것 같은
다 놔버리고 싶은 마음의 연속일 뿐.

공들인 것들이 날아갔고
아끼던 것들이 사라져
안팎으로 빈털터리가 된 느낌.

무언가를 얻기 위해 뭐부터 해야 할지조차
막막한 시기에.

뻥 뚫린 마음을 위로 받고자 사람을 만나보지만
그 뻥 뚫린 마음 때문에 관계만 틀어지고
다시 더 큰 구멍만 난다.

포기하는 것보다 바로 서는 게 힘든 건 알지만
이겨낼 의지가 바닥나서 포기하고만 싶다.

잘 지내냐는 일상적인 인사도
비뚤게 들리는 요즘

나는 사실 더럽게 못 지내고 있으니까
너는 잘 할 거야 너는 할 수 있다는 말 같은 거 말고
진심으로 그냥 같이 울고 들어줄
사람 하나 있었으면.

#술도들어가지않고 #눈물도말라버렸던 #어느날에

도시가 잔다°

어디 내 것이 있었나
내 손 지나간 온갖 것들이
이제는 무심하게 다 나를 외면한다

도시가 잔다
나는 그 잠에 기대서 떠나간 것들을 살핀다

그래
내 삶이 이렇지 뭐

거친 언어의 저주°

사람은 그 언어를 자꾸 내뱉음으로써
자신도 모르는 사이에 성향과 사고방식이
그 언어를 따라간다고 생각한다.

성격이 포악한 사람이
욕을 잘하는 것인지,
습관적으로 욕설을 하는 사람이
성격이 점점 포악해져 가는 것인지,

원래 교만하고 냉소적인 성향이라
남을 쉽게 비방하는 것인지,
남을 비방하고 까내리기를 반복하다보니
저절로 냉소적인 사람이 되는 것인지

정확한 상관관계나 그 맥락을 밝힐 순 없지만
사람이 늘 쓰는 언어와 평소의 말투가
그 사람의 성향과 사고방식에
적지 않은 영향을 준다고 믿는다.

저주의 말을 퍼부으면
말의 저주가 시작 되는 법이니까

너라서°

'귀찮아'가 '괜찮아'로 바뀔 때마다
내가 너를 얼마나 사랑하고 있는지를 느껴

늦은 새벽 출출하다는 네 혼잣말에
잠옷 바람으로 달려가 라면 한 봉지 사 오는 것도

숨이 턱 막히는 퇴근길 지하철 안에서
손에 든 꽃다발 망가지지 않게 만세를 외치며 끙끙대는 것도

하나도 안 '귀찮아'
너라서 다 '괜찮아'

예뻐 죽겠어

평소 일 분 일 초가 아깝다며 이리 뛰고 저리 뛰는 네가
나만 만나면 하루 종일 카페에 앉아 멍 때려도 좋단다
가끔 의미 없이 보내는 시간이 아깝지 않냐고 물으면
관계가 의미 있는데 의미 없는 시간이 어딨냐며 또 좋단다

때론 느긋한 체념으로°

"내 인생은 완벽해!"
"난 무조건 성공한다!"
"이 아이템은 무조건 대박이야!"

완벽하다고 믿다가 실망한 사람과,
성공이라도 믿다가 좌절한 사람과
대박이라고 믿다가 절망한 사람들의 대사이다.
무엇이 우리를 눈 멀게 할까.

과도한 기대는 과도한 절망을 가져온다.
가끔 느긋한 체념이 성공과 행복을 가져다준다.
고난과 어려움을 만났을 때 견뎌낼 수 있는 힘도 여기서 온다.

큰 꿈을 꾸되 의지, 열정, 용기, 긍정 등의 말로
스스로를 괴롭히지 말자.
청춘에게 필요한 건 성공의 압박이 아닌,
주어진 청춘을 소비할 자유와 작은 행복감이다.

삶은 원하는 모든 것을 쥐어주지 않는다.
충분히 노력했다면, 결과는 하늘의 몫이다.
과도한 기대보다 느긋한 체념이 오히려 행복에 더 가깝다.

#저거사실내대사 #30년째체념중 #그래도행복해

입을 모아 욕하는 사람°

사람은 본능적으로
남을 험담한다.
시기와 질투는 인간의 본능이니까.

험담에 대한 큰 거부감은 없지만
살다보니 한 가지 확실한
사실을 알게 되었다.

무능한 인간들이 입을 모아 욕하는 사람은
대부분 유능한 사람이고,
악당들이 입을 모아 욕하는 사람은
대부분 괜찮은 사람이더라는 것.

#입을모아욕먹는사람 #나아님 #절대아님

가장 찌질했던 거짓말°

한참 여유가 없었던 시기,
나는 야근이 좋았다.

새벽 세 시까지 일하는 건 힘들었지만
자정이 되면 치킨과 피자를
공짜로 먹을 수 있었고,
보일러도 안 들어오는 추운 집보다
따듯한 찜질방에서 자는 게 더 좋았다.
먹고 남은 음식을 몰래 싸가기도 했다.

어느 날 몰래 챙겨놓은 음식을 발견한
매니저님이 외쳤다.

"이거 안 버리고 냄새나게 누가 여기다 모아놨어!?"
"제가 모아놨어요~"

"아까 청소할 때 같이 버리지 왜 안 버리고 여기다 놨어?"
"아… 집에 강아지 주려구요"

반지하 단칸방에 혼자 살면서
몰래 싸간 음식으로 허기를 채우는 모습을
들키기 싫어서였는지,
아니면 이런 내 모습이 창피해서였는지

나도 모르게 거짓말을 하고 말았다.

"어? 너 강아지 키우는구나? 나도 집에 강아지 두 마리 있잖아~
무슨 종이야?"

아뿔싸. 매니저님이 하필 애견가였을 줄이야…

"요, 요크셔테리어인가…?"
"종도 제대로 몰라? 야! 그나저나 무슨 강아지한테 이런 걸 먹여,
사료 먹여야지~ 이런 거 주면 안 돼"
"아 그래요? 저희 개는 잘 먹는데…"

또 거짓말을 해버렸다.
등이 화끈거렸다. 빨개진 귀를 들켰을까?
고작 남은 치킨 몇 개, 피자 몇 조각 때문에 이러고 있는
내 모습이 너무 수치스러웠다.

집으로 돌아온 그 날 새벽 다섯 시.
꺼진 TV화면 비친 내 모습이 보기 싫어
보지도 않을 TV를 켰다.

#그와중에 #식은치킨맛있고난리
#역시치킨은양념이지

자존심이라는 감옥°

이미 스스로 잘못되어간다는 것을 알지만,
내 선택이 틀렸다는 사실을 인정하지 못해
계속된 현실부정과 정신승리를 반복한다.

그리고 주위를 포섭하고 내 생각에 확신을 실어줄
내 울타리를 치기 시작한다.

우울증°

우울증은 왜곡된 렌즈 같은 겁니다.
10의 힘듦을 100으로 보이게 하고
저항력을 1로 만들어 고작 10에 벌벌 떨게 만들죠.
렌즈를 걷어내고 나면 내가 왜 그랬을까 싶을 정도로
우스운 기분마저 들지만 앓고 있는 동안에는
혼자 힘으로 침대에서 일어날 수조차 없어요.

그러니
그깟 일로 너무 우울해하지 말라는 위로는
함부로 하지 말아주세요

경청 아닌 경청°

~~~~~~~~~

대화를 하다보면
얼핏 경청하는 것처럼 보이지만
사실은 자신이 말 할
기회만 엿보는 사람이 있다.

예의상 눈을 맞추고,
최소한의 리액션으로 맞장구를 치지만
그 사람의 머릿속엔
"이 대화가 끝나면 이 말을 해야지"
라는 생각뿐이다.

내 앞에 그는 지금, 눈만 맞추고 귀를 닫은 채
몇 분 뒤 자신이 할 이야기만 머릿속으로
정리중이다.

그는 자신의 잔재주에 뿌듯함을 느끼고 있지만
정작 조금만 대화를 나눠보면
상대가 마음으로 대화하는 건지 아닌지
금방 느낄 수 있다는 건 모르나보다.

#딱걸렸어이자식아 #복수할꺼야

내가 믿는 것°

~~~~~~~~~~

말은 믿지 않는다.

그 사람의 '품격'을 믿고
그 사람이 했던 일의 '태도'와 '결과'를 믿는다.

만약 셋 중에 하나도 없다면
볼 이유가 없다.

화풀이°

자신이 힘들고 지쳐있다고
아주 가까운 사람들에게
짜증을 내거나 화풀이를 하지 않는 것.

이것만으로도 그 사람의 됨됨이를
확인해 볼 수 있는 척도라고 생각한다.

그동안 얼마나 많은 사람들이
가족과 친구, 애인의
희생양으로 살아왔는지를 생각해보면.

겸손의 덫°

피나게 노력하고 땀 흘려
자기만의 성공방법을 연구한 사람들은
말 한 마디 한 마디에 힘이 있습니다.

내 노력으로 이룬 것이라면 내가 했다
자신 있게 말하세요.

겸손은 미덕이지만
스스로 일구어낸 것들을
일부러 깎아내릴 필요는 없어요.

참 좋았는데°

대화가 통하는 네가 참 좋았다.
가벼운 분위기에 무게감을 더할 줄 알고,
무거운 이야기를 가볍게 만들어 주는 네가 참 좋았다.

가장 가까운 친구와도 주고받기 힘든 과거사에 대한 이야기도
너와 함께 있을 땐 마치 무언가에 홀린 듯 고백하곤 했고,
그러다가 언제 그랬냐는 듯 다시 깨방정을 떨며 함께 웃곤 했다.

너와의 대화는 순풍이 부는 날의 연날리기 같았다.
끊어지거나 느슨해질 틈이 없었다.

내 기분이 자칫 내려가려 하면 너는 특유의 미소로 나를 녹였고,
배꼽이 빠지게 웃기만 하다가도 느닷없는 한마디로 나를 감동시켰다.
커피숍 한 켠에 나란히 앉아서 멍하니 한쪽을 바라보며 침묵해도
어색하거나 심심하지 않았다.
우린 대화의 호흡도 닮아 있었다.

너는 나와 대화하는 게 세상에서 가장 행복하다고 말했고,
나의 행복은 행복해 하는 네 목소리였다.

요즘처럼 힘들고 축 쳐지는 날이면
너와 특별한 주제 없이 나누던 그 대화가 한없이 그립다.
코드를 일부러 맞추지 않아도 됐던 그 때.
혼자 있을 때 보다 더 편안했던 그 때 시간이.

#왜행복은 #언제나 #과거형인가

멀리 본다는 것°

어른이 되니 보이지 않던 것들이 보이고
멀리 보게 되니 다가가는 것이 두렵다.

적당한 거리감 따윈 모르는 사람처럼
늘 다가서다 상처받고 멀어지며 아쉬움에 떤다.

수많은 실패와, 이별을 겪고
멀리 볼 줄 아는 눈이 생겼을 때,
고작 얻은 게 두려움뿐이라니…

어른은 너무 가엾다.

#청춘에 #눈이멀고싶다

체념과 열정°

~~~~~~~~~

사회가 보통 이야기하는
자기방어법이라는 건 결국 체념이다.

"회사에 너무 충성하지 마, 그냥 돈 벌기 위해 하는 거라 생각해"
"연애하면서 너무 마음주지 마, 결국 너만 상처받아"
"사람 너무 믿지 마라. 결국엔 등 돌리게 되어 있어"

이렇게 100% 쏟아 붓는 건
바보들이나 하는 짓이라고 말하는 사람들의 대부분은
100%일 때만 느낄 수 있는 즐거움을 모른다.

그들이 그렇게 아껴둔 몇 %가
시간이 지난 뒤 얼마나 만족감을 주는지 알 수 없지만,
늘 방어적으로 사느라 도달하지 못하는
그 100이라는 숫자가 결국 더 손해 아닐까.

인생에 두 번 다시 오지 않을
불같은 사랑처럼
청춘은 그런 손해를 감수하고
100% 덤벼들 때 가장 빛이 난다.

#꼭이런사람들이 #열정은 #그렇게외치고살더라

마음의 동료°

추구하는 방향이 같은 사람에게 느껴지는
동질감은 늘 기분 좋다
직업이 다르고 나이가 달라도
매일 보지 않아도 아주 가끔 연락해도
뭔가 항상 연결되어 있는 듯
느낌이 가까운 그런 사람

간이역°

요즘 아이들은 자기 인생의 로드맵이
꽤나 확실한 편이다.

그런데 한 가지 안타까운 건
현재의 자신을 '임시'로 생각하는 경향이 강하다는 것.
"전 어차피 이거 1년만 할거에요"
"이거 평생 할 건 아니니까요"
"전 어차피 유학 갈 거라 상관없어요"

미래의 자신만 보느라
현재의 자신을 부정하거나
최선을 다하지 않는 것이 바람직한 것일까

미래에 나만 꿈꾸며 현재의 나에게 소홀하다면
과연 그 꿈꾸는 미래에 무사히 도달할 수 있을까

단어가 가진 진짜 의미°

이해와 존중을 설명하는 데 있어
핵심은 '깊이'의 차이다.

흔히 그릇이라 말하는 깊이의 차이.
그 차이를 이해하지 못하는 것.
그곳이 균열의 시작이다.

서로 다른 깊이를 이해하려 애쓰지 않고
그대로 인정하는 게 존중이다.

사람은 누구나 내게 익숙한 것에 편안함을 느낀다.
나와 다른 무언가가 내 삶에 머무는 건 불편한 일이다.
그럼에도 그것들에 간섭하지 않고 인정하는 것.
존중은 그래서 어렵다.

어쩌면 우리는
이해와 존중, 인정이라는
단어의 뜻만 알 뿐

그 진짜 의미는
모르고 있는지도 모른다.

#물론나도잘모른다 #인정어인정

전화하기 싫은 사람°

들여다보면 나쁜 사람은 아닌데
왠지 모르게 전화하기 싫은 선배가 하나 있다.

그에게 오랜만에 전화가 왔을 때.
"넌 내가 먼저 연락하기 전엔 연락도 안하냐? 섭섭하다?"

그에게 오랜만에 먼저 전화 했을 때.
"어이구~ 니가 웬일로 전화를 다 주시고?"

미안한 맘에 전화를 조금 자주 했을 때.
"요즘 한가한가봐? 나한테 전화를 이렇게나 자주하시고?"

업무 중이거나 바빠서 전화 못 받았을 때
"야, 왜 너 내 전화 피하냐?"

#어쩌라고 #프로불편러 #차단

미련한 미련°

대단한 것도, 나만을 위한 것이 아니라는 것을 알게 되면
우린 실망하고,
대단한 게 아니어도, 나만을 위한 특별한 것임을 알게 될 때
우린 감동한다.

달라고 하지도 않은 내 마음 다 주고 나서야 알았다.
나만 보며 웃어주던 게 아니었단 걸
그늘을 챙겨주는 사람이 나뿐만이 아니었단 걸
내가 널 특별하게 생각한다고 해서
너에게 내가 특별해 지는 건 아니란 것을.

너는 여전히 모두에게 밝고 친절한
매력적인 사람이고,
나는 여전히 섣불리 마음 주고
혼자 상처받는 멍청한 사람이다.

미련한 내 사랑은
미련만 남겼다.

#잘가라

주는 게 더 행복한 사람°

사랑 받는 것보다
사랑을 주는 게 더 행복하다고
말하는 사람 믿지 마세요.

사랑받는 것을
싫어하는 사람은 아무도 없습니다.
그저 받는 사랑이 어색하고
주는 사랑에 익숙할 뿐.

그는 그저
아무것도 바라지 않고
당신을 사랑하고 있을 뿐입니다.

부디 그 사랑에
당신도 사랑으로 답해주세요.

#부디 #제발

사랑도피°

그거 알아?
원래 사람들은 서로 사랑하고 서로에게 속하는 거야
그게 유일한 행복의 기회니까
네가 사랑을 두려워하는 순간
이미 스스로 지은 우리에 갇히는 거야
어디로 도망쳐도 결국 자신에게 되돌아올 뿐이라고

완벽한 조롱거리°

~~~~~~

일부 소시민들은 변화하려 하지 않는다.
새로운 시도가 불편하기만 할 뿐,
그저 기존의 틀에 안주하려 한다.

이미 널리 퍼진 생각들은 당연한 것이고
그에 따라 행동하면 된다는 믿음이 있다.

그런 그들에게
틀을 깨고 새롭게 도전하는 사람은
반감의 대상이며 비웃음과 조롱의 먹잇감이다.

그렇지만 그 비웃음을 이겨내고 끝까지 걸어가야만
비로소 잘못된 것을 바로잡고 새로운 것을 창조하고
내가 원하는 곳으로 나아갈 수 있다.

지금과 다른 나를 만나기 위해서는
타인에게 완벽한 조롱거리가 되어야만 한다.
세상은 늘 그랬다.

#앞으로도그럴꺼다 #당신들의비판은자유지만 #거기에동의는못하겠어요

마음을 채우려°

마음이 고파서 마음을 채우려
일부러 사람들을 만나고 맛있는 음식을 찾아보지만

그렇게 한참을 텅 빈 웃음만 팔다가 돌아오는 길엔
쓸쓸한 포만감으로 뱃속만 가득하고
채워질 줄 알았던 마음은
이젠 고프다 못해 쓰리다

외로움은 그저 작은 부분

삶은 매 순간
기회비용을 청구한다.

얻는 게 있으면 잃는 것도 있다.
나답게 살다보니
어느 순간 조금 외로워졌다.

하지만 내면이 단단해지다보니
외로운 걸 견딜 수 있는 체력이 생겼다.

그렇게 하루하루가 쌓여
과거와는 다른 삶을 살게 될수록
기분 좋은 긍정적인 사고와
더 자주 마주하게 되었고

그렇게 나다운 삶 속에서 뒤를 돌아보니
외로움은 우리 인생에 있어
그저 아주 작은 부분일 뿐이란 걸
알게 되었다.

#기회비용도 #할부로나눠낼수있다면

다 널 위해서야°

누구나 자기 자신을 위해
이기적인 사랑을 한다곤 하지만
정도가 지나치면 곤란하다.

실컷 구속해놓고 '다 너를 위한 사랑에서야.'
그저 무관심이면서 '묵묵히 지켜보는 것도 사랑이야.'
이기적으로 굴면서 '그냥 날 있는 그대로 사랑해 줘.'
연락도 안하면서 '뒤에서 얼마나 걱정했는지 모르지?'
실컷 비난해놓고 '진짜 너니까 해주는 말이야.'
표현 따윈 안 해놓고 '넌 모르겠지만 난 계속 표현했어'

이 모든 게
다 날 위해서라고 말하지 마
다 널 위해서였잖아

#너는앞으로 #연애하지마 #말이라도못하면

미워할 줄 아는 것°

다름은 불편함을 낳고
불편함은 오해를 낳는다.

내 삶엔 너무나 많은 타인들이 있었다.
내게 너무나 큰 영향을 주는 타인들이.

그들은 나에 대해 잘 모르면서도
너무나 쉽게 나를 이야기한다.
그들과 다른 모습으로 산다는 이유하나만으로.

시간이 지나고 나서 뭐가 힘들었고 상처였는지 고민해보니
사실 너무 이해받고 싶었던 거다. 사람들한테

그저 내 진심을 알아주길.
그저 나를 나로 봐주길.

그럴 때마다 상처의 원인인 타인을 미워하면 참 편했을 텐데,
그걸 못해서
나는 자꾸 나를 미워했다.

#이런노력에도불구하고 #나를평가하던그들은
#모두어디론가사라졌다 #부질없는짓 #나부터보호하고아끼세요

시작°

또 상처 입으면 어쩌지 싶은 그때 시작하세요
두렵지만 두려운 데도 갖고 싶은 그때
조금이라도 순수한 그때

내 마음 지키느라 그저 그렇게 시작한 것들은
대부분 뜨뜻미지근한 것들이더라고요

새로운 사랑°

이전 사랑에 대한 마음 정리는
새로운 사랑을 시작할 때
상대방에 대한 기본적인 예의라고 생각한다.

지난 아픔을 전가하지 않는 것.
그때의 행복과 비교하지 않는 것.
지금 상대에게 후회 없이 잘해주는 것.

사랑 위에 사랑을 쌓지 않고
처음으로 돌아가 다시 시작하는 것.

새로운 사랑을 하기 전에 꼭
준비해야 할 것들이다.

모르는 척 해줘°

광대 위까지 올라온 눈물을 참고 살았다.

애써 괜찮다고 말하며 버티고 있을 땐
힘내, 괜찮니 라는 위로가
오히려 더 아프게 스며들어 온다.

들키고 싶지 않아서 괜찮은 척 했는데
왠지 그걸 들킨 것 같아서…

#그냥모른척해줘 #아니날좀안아줘

이놈의 인생은°

~~~~~~~~~

이놈의 인생은

주머니 속 이어폰 줄처럼
아무리 정리를 잘 해도 늘 꼬이기만 하고

아침에 신고나온 운동화 혀처럼
아무리 딱 맞춰놔도 늘 한쪽으로 틀어진다.

공을 들이면 풀 수 있고
발견할 때 마다 바로 잡을 순 있지만

조금씩 지쳐가는 건 사실이다.

#블루투스가답이다 #고무신이답이다 #내인생의답은어디에

시작은 가볍게

집에서 도시락 다섯 개 만들어 팔아도
돈은 법니다.
향초 50개 만들어서 팔아도
돈은 벌어요.

온갖 정보와 성공사례들은,
우리를 처음부터 효율과 규모에 집착하게 만듭니다.
규모는 중요하지 않아요.

처음부터 멋진 사무실, 완벽한 시스템.
보여주기 위해 규모만 늘리려는 시도는
무리를 낳기 마련입니다.
시작 단계에선 효율이 좋을 수가 없지요.

중요한건 효율이나 규모가 아닌,
이 일을 정말 즐기며
재미를 잃지 않을 수 있느냐죠.

자기 전 쓴 일기가 모여서 책이 됩니다.
스마트폰에 끼적인 낙서가 작품이 됩니다.
친구들 나눠주려 만든 쿠키가 상품이 됩니다.

규모가 작아도, 효율이 낮아도,
본질에 충실히 일을 즐길 수만 있다면
효율과 규모는 보통 저절로 따라옵니다.

완벽을 위해 너무 겁먹지 마세요.
가볍게 내딛는 한발자국이면 충분합니다.
부디 자신이 좋아하는 일을 직업으로 만들려는 노력을
게을리 하지 마세요.

#시작하는청춘을위해

이제야 계절이 보인다°

얻고 싶은 것을 얻었다고 생각했던 어느 날,
쥔 손을 펴보니 별 거 없는 것들뿐이었다.

나는 경주마가 아닌데
앞만 보고 달릴 필요는 없었는데,
무엇에 떠밀려 이렇게 쫓기듯 살고 있나…
내가 놓치고 있는 것들은 무엇일까?

문득 서글퍼졌다.
무엇을 놓쳤다는 안타까움이 아니라
무엇을 놓쳤는지도 모르는 내 자신이.
가끔은 주위도 돌아보고
뒤도 보면서 살았다면 더 좋았을텐데.

그동안 나는 계절을 느껴본 적이 있었나.
봄이 오면 초록이 돋아나길 기다리고
여름이 오면 시원한 계곡을 떠올리고
가을이 되면 알록달록한 단풍에 설레고
겨울이 되면 새하얀 눈이 내리기를
기다려 본 적이 있었나.

어느 가을날,
업무 미팅을 위해 걷던 연남동 산책로에서
새파란 하늘, 따스한 햇살과 기분 좋게 차가운 공기.
좁다란 산책로의 나무와 잔디의 풀냄새를 만났다.

나는 조용히 멈춰 서서
난생 처음으로 스마트폰에 하늘을 담았다.
오늘,
이제야 계절이 보인다.

작가의 글

겪지 못한 감정을 글로 옮기는 재주가 없는 저에게 책을 쓰는 과정은 지나간 모든 경험을 다시 끄집어 내 되새김질 하는 시간이었습니다.

아름다운 기억에 웃음 짓기도 하고, 잊고 싶었던 힘든 기억에 멀쩡한 가슴이 저릿할 정도로 먹먹해 지기도 했구요. 글은 손으로 쓰는 게 아니라 마음으로 쓰는 거라던 누군가의 말을 매순간 실감하는 과정이었습니다. 그런 시간 속에서 온전히 글을 써 내려 갈 수 있도록 마음의 위안이 되어준 감사해야 할 분들이 참 많습니다.

먼저 스튜디오 본프리 김승현 대표님, 송락현 편집장님, 디지털북스 이강원 대표님, 한윤지 팀장님, 윤지선 담당님, 그리고 마음을 그리는 선생님 채린이, 엔랩소프트 주재현 대표님, 배우 변진수, 김가애, 홍성오님, 개그맨 백승훈님, 와이필라테스 김혜진 대표님, 건축가 강요한님, 크리에이터 유웅기님, 사업가 손부경님, 아이해브 어드림 이승진 대표님, 물심양면 힘써 주신 덕분에 무사히 출간될 수 있었습니다.

인스타그램에 글을 선공개하면서부터 아낌없는 응원과 격려를 보내주신 많은 분들, 멋진 남자 멋진 아빠 개그맨 정성호님과 너무 사랑스러운 형수님, 꽃이 너무도 잘 어울리는 서은영님, 나긋한 목소리로 마음을 울리는 BJ 박현서님, 늘 에너지 넘치는 정미리님, 따뜻한 감성을 가진 김현희님, 아름다운 렌디걸 강혜선님, 배우 손희태님, 새로운 삶을 시작한 이지은님, 황미란님, 여행과 맛집을 좋아하는 예쁜 최수진님, 마음이 시키는 대로 사는 멋진 김승현님, 해비로테이트 유경범님, 글과 책을 사랑하는 김지연님, 대디디자인 박대종님, 부드럽지만 단단한 문규리님, 봄처럼 따뜻한 장연주님, 베풀고 공유하는 삶 김태우님, 늘 에너지 넘치는 친구 김하얀님, 글쓰는 장텔러 장현실님, 넘치는 에너지 미키짱 유미키님, 휴비 작가님, 사랑꾼 달팽이 김지혜님, 기분좋은 에너지 김세리님, 다이아몬드가 어울리는 이다희님, 시크릿한 매력 김수정님, 어피치를 꼭 닮은 정빈님, 마음이 하얗고 순수한 홍진아님, 생각이 건강한 멋진 명우님, 언제나 러블리한 유미주님, 열정적인 벨리댄서 조아라님, 진심을 쓰는 차늬 작가님, 임보 실천중인 따뜻한 김보라님, 긍정의 힘 박미림님, 행복의 가치를 아는 김원지님, 운동하는 모습이 너무 멋진 이미숙님, 이름 편지를 좋아하는 이다빈님, 예술을 그리는 김예은 작가님, 사랑으로 아이들을 가르치는 Jess 조혜진님, 늘 열정넘치는 트레이너 다봉이 최다혜님, 글을 쓰며 꿈을 꾸는 조민예 작가님, 성숙한 사랑이 잘 어울리는 정혜라님, 진솔하고 멋진 삶 김나래님과 미처 담지 못한 많은 분께 고마운 마음을 전합니다.

그리고 정성이 담긴 손 글씨로 글에 예쁜 옷을 입혀 주신 제이제이캘리 이정아 작가님, 책 뒷면 손글씨 선물 해 주신 수정캘리 최수정 작가님, 우연히 만난 가족같은 럽송캘리 백송이 작가님, 물들희 캘리 강민희 작가님, 들꽃캘리 한미옥 작가님, 이레캘리 혜진 작가님, 세일군 작가님께도 다시 한 번 감사의 말을 전합니다. 마지막으로 인생에서 정말 힘든 시기를 보내고 있을 때 가장 큰 힘이 되어 준 미경님에게 진심이 담긴 마음을 전합니다.

삶은 참 빠르게 흘러가죠. 새 계절을 맞이하고 나면 늘 다음 계절이 코앞이니까요.
언제나 내가 쥔 시간만 유독 빠르게 흐르는 것 같아요.
그럼에도 불구하고 저는 나이를 잊고 사는 걸 참 좋아합니다.

'나잇값 좀 해라', '그 나이 먹고 무슨…' 이런 생각이 의식의 한구석에 묻어 있으면 새로운 무언가를 시도하기가 너무 피곤하니까요.

도덕과 양심에 어긋난 행동만 아니라면 나이를 먹었다 해서 안되는 일은 없어요.
단지, 남의 눈치를 보느라 스스로 허덕일 뿐….

저는 "내가 벌써 서른이야?" 라고 말하는 사람보다 "난 아직 서른이야." 라고 말하는 사람들에게 느껴지는 에너지가 더 좋습니다. 그 쪽이 더 매력적이고 끌리거든요.

나이 들었다고 뒷짐 지고 헛기침하며 어른 흉내 내기보다는, 아직도 가슴에 젊은 열정이 살아있다는 것을 하루하루 증명하며 사는 사람이고 싶습니다.

그렇게 겹겹이 쌓인 하루하루가 훗날 더 멋진 나를 만들어 주기를 희망하면서.

여러분이 각자 걷게 될 그 길에도 늘 기분 좋은 행복과 따뜻함만 가득하길 기도할게요.

– 고래달 드림.

추천사

유병재가 블랙코미디라면 고래달은 화이트 트래지디. 같은 듯 다른, 가볍지만 가볍지만은 않은 이야기. 핵공감이라는 말이 찰떡같이 맞아떨어지는 이야기.

뮤지컬 배우, 김수용 ⓞ _nicedragon_

가볍게 읽었으면 좋겠다는 작가의 말, 하지만 묵직하게 다가오는 공감의 힘. 아프지도 말고, 애써 노력하지도 말라는 진심어린 한마디에서 여러분도 나와 같이 위로받을 수 있기를.

KBS 기상캐스터, 오수진 ⓞ othooooo_weather

일상에서 무심코 어느 페이지를 열어도 2분, 3분 스스로 생각할 나만의 시간을 갖게 만들어주는 고마운 책. 생활 속 나에게 물음을 던져 답을 찾고 싶을 때 펼치게 되는 때론 친구 같고 때론 애인 같은 감성.

뷰티 크리에이터, 이서연 ⓞ xoleesy

간결하고도 짧은 문장 속에 깊은 의미를 담아내는 글에 많은 위로와 공감을, 그리고 다시 곱씹어 생각을 하는 나를 만납니다. 장난치는 듯 편안하게 다가오는 글의 끝에는 늘 마음 한 켠을 터치하는 섬세함이 있습니다. 이 책이 많은 사람들의 마음 깊숙이 오랜 여운을 남겨주길 바라봅니다.

가수, 김연지 ⓞ yonjy1030

직업 특성상 매일 자신과 싸우며 버티는 것이 일상인 저에게 고래달의 글은 촉촉한 단비와도 같았습니다. 잊고 있었던 내안의 따뜻함과 사랑과 인연의 소중함, 모르고 지나칠 뻔 했던 작은 감정들까지. 지금까지 달리기만 했는데 이 책을 통해 잠시 쉬어가는 시간을 가질 수 있었습니다.

스포츠 모델, 프로, 이상효 ⓞ hyo___o

고래달님 글은 항상 일상에서 느끼는 감정과 일치하는 공감대와 내면을 날카롭게 찌르는 시원함이 모두 담겨 있어요. 잘 꾸며진 글이 아닌 마주앉아 진솔한 대화를 나누는 듯한 따뜻함이요. 글귀 모두 너무 마음에 듭니다.

감성 우주스타, 핑글 ⓘ pinkjjelly

대충 덮어놓은 나의 상처, 아픔, 꿈, 희망, 신념들이 한줄 한줄 읽어 내려갈 때 마다 갑자기 톡 튀어나오며 또렷하게 정리된다. 두루뭉술 생각만 하고 지나쳤던 것들이 고래달의 예리한 통찰력과 따뜻한 감성에 콕 낚여 글 위에 올려진다. 바쁜 삶에 치여 만나지 못했던 오랜 친구와 깊은 대화를 나눈 기분이 드는 책.

움찬 스피치 아카데미 원장, 방송인, 박지윤 ⓘ jiyoon_glamjudy

루틴하지 않은 그의 문장들은 어느 한날은 삶의 단비 같았고, 어느 한날은 청량음료 같은 시원함이었다. 마음이 맞는 친구와 함께 이야기를 주고받으며 하루를 보낸 듯한 충만한 기분. 잔잔한 음악과 함께 책 한권을 집어 들어 보는 것은 어떨지.

영화촬영감독, 조정희 ⓘ lalalla.dp

긴 방황에 주저앉으려 할 때 나를 쓰다듬는 따뜻한 손길 같았다. 굳이 일으켜 세우려 하기보단 스스로 일어설 수 있도록 마음을 어루만져 주는 손편지 같은 글.

글쓰는 직장인, 박수지 ⓘ ro_saline__

글을 통해 위로를 받고, 글로 인해 지난날을 돌아봅니다. 잔잔한 물결처럼 마음을 위로 해주다가도, 때로는 성난 파도처럼 일침을 가한다. 공감과 반성을 동시에 안겨주는 오묘한 글의 바다 속에서 유영하는 고래가 이제야 보인다.

서퍼스파라다이스 대표, 서퍼 채수원 ⓘ seanchae

무겁지 않지만, 가볍지도 않은, 담백한 글귀들이 친구처럼 저를 공감해주는 기분입니다. 용기와 소신, 그리고 위로를 얻고 싶은 분께 추천합니다.

쇼트트랙 금메달 리스트, 변천사 ⓘ byunchunsa

고래달님의 글을 짧게 표현하자면 "글씨로 마음을 그리게 하는 글" 이라고 말하고 싶네요. 외롭게 살아가는 이 시대 너와 나의 마음을 움직이게 하는 감성글 공감글 위로글이 아닌가 싶어요.

캘리그라피 작가, 수정캘리 대표, 최수정 　instagram@boseok _i

매번 글을 읽는 내내 누군가와 하루의 일상을 나누듯, 소소한 공감이 오고가는 기분이 참 좋아요. 나만의 감정이 아닌 우리 함께 느끼는 감정이라는 묘한 든든함을 느껴요.

직장인, 헤니 　2hanny

고래밥의 텅 빈 공허함을 채워주는 박스 속 퍼즐 같은 글. 고래달의 글은 위로가 필요한 사람뿐만 아니라 감정 없이 사는 이들에게 적극 추천합니다. 소소한 감정에서부터 오는 아름다움을 느끼게 될 것입니다.

뮤직비디오 감독, 한상범 　sangbums

삶이라는 긴 항해에 저에겐 더 빠르게 나아갈 수 있는 엔진이 아닌 올바른 길로 갈 수 있는 나침반이 필요했습니다. 저도 삶의 방향을 잡는데 고래달 작가님의 글이 나침반이 되어 주었습니다.

청년 사업가, MANGO COFFEE 대표, 서명규 　seo__90

웃고 있어도 슬픈 이들에게, 선물 같은 책. 툭툭 던지듯 짧은 글 속에 내 마음을 오롯이 기댈 수 있을 것만 같은, 깊고도 따뜻한 고래달의 이야기.

직장인, 엄보영 　bbovely____

소년은 어느 새 성인이 되었습니다. 그 사이 그의 가슴 속에서 자라난 글들이 마치 거울에 비친, 맑게 닦아 낸 새 얼굴 같아 마냥 반갑습니다.

방송 작가, 이자은 　jiyu_lee

정리가 되지 않는 생각과 마음들이 짧은 문장을 통해 정리가 되고 공감이가는 글들이 많았습니다. 단어 하나의 차이로 끄덕이면서 감탄하기도 했고 아름답게 형용된 글을 보며 많은 위로가 됐습니다.

패셔니스타, 프롬굿 　grace.foru

때로는 위로를, 때로는 낭만을, 때로는 미소를 주는 글들. 일상 속 따뜻한 활력소가 되어준 그의 글은 종일 지쳐있던 마음에 힘을 불어넣어 줍니다.

캘리그라피 작가, 이정아　◎ jj__calli

사람에게 주는 깊은 위로와 마음은, 말로 다 할 수 없는 아름다움이라, 내가 먼저 아름다운 사람으로 살아 갈 수 있기를 바라며.

달리는게 제일 좋은, 별이　◎ byori_8

외로울 땐 곁에서 친구가 되어 주고, 힘들 땐 격려와 삶의 활력소를 공급해 주는 고래달의 글귀가 그믐밤의 별처럼 우리들의 마음속에서 반짝입니다.

한남대 글로벌IT경영학과 교수, 강신철　◎ ntiskang

내 인생에 가장 나답고 가장 멋졌던 모습을 기억 저편에서 꺼내 다시금 생각하게 해주는 에세이. 나를 사랑 하고 싶은 모든 이들께 추천합니다.

피트니스스타 내셔널리그 심사위원, 플라이짐 대표, 김기동　◎ 188.1cm_

타인의 말에 좌지우지되는 나를 발견한 후, 작가님의 글을 보았습니다. 그리고 작은 가슴에 섬세한 위로를 받았습니다. 이제 저는 세상에서 나를 가장 사랑하려구요.

피팅 모델, 김민정　◎ lieb_maien

처음 고래달님 글을 보게 된 건 사랑하는 사람이 떠난 지 얼마 되지 않았을 때 예요. '정말 공감되네'라는 생각을 하며 덤덤히 읽었는데, 어떤 날들은 조용히 위로받은 적도 있네요. 장황하지 않은 글귀들이 친구를 대신해 저에게 해주는 말 같았어요. 감사합니다.

직장인, 장다혜　◎ daya__x

1%의 감성과 99%의 경험으로 힘내라는 말 대신 힘내는 방법을 말해주는 '청춘 사용 설명서'

플로리스트, 서은영　◎ serendipity__ey

이제야 계절이 보인다

1판 1쇄 인쇄 2018년 5월 10일
1판 1쇄 발행 2018년 5월 20일

———

지 은 이 고래달
발 행 인 이미옥
발 행 처 J&jj
정　　가 15,000원
등 록 일 2014년 5월 2일
등록번호 220-90-18139
주　　소 (03979) 서울 마포구 성미산로 23길 72 (연남동)
전화번호 (02)447-3157~8
팩스번호 (02)447-3159

———

ISBN 979-11-86972-35-9 (03810)
J-18-04

www.jnjj.co.kr